UNE REINE

Judith Elmaleh

UNE REINE

roman

Robert Laffont

ISBN : 978-2-221-25373-1
Dépôt légal : septembre 2022
Éditions Robert Laffont – 92, avenue de France, 75013 Paris

À Mikaëlla,
À Josef,
À David.

À ma famille que j'aime,
Toujours là pour moi,
Toujours,
Tout le temps.

Si je ne suis pas à moi, qui le sera ?
Et si je suis à moi, qui suis-je ?

Traité des Pères, Le Talmud

Les dents ont beau rire, le cœur sait la blessure qu'il porte.

Proverbe berbère

1.

Simha

Je n'avais jamais porté une robe aussi somptueuse.

C'était une robe, une vraie, pas un de ces assemblages de fortune composés d'une jupe rapiécée et d'une blouse trop large, que j'arborais d'habitude. Non, elle était magnifique, d'un vert profond, lumineux.

Brodée de galons d'or, la jupe s'évasait sous une large ceinture qui m'enserrait la taille. Maman et Sultana, ma sœur aînée, m'avaient fait enfiler plusieurs jupons en voile dessous, pour donner du volume et cacher ma maigreur. Sultana s'agenouilla devant moi et glissa à mes pieds propres, gainés de bas de soie blancs, des babouches dorées, beaucoup trop grandes pour moi.

Cette tenue d'apparat nous avait été prêtée par la famille aisée d'une de nos voisines. Dans ce velours épais qui pesait lourd sur mes épaules, je me sentis présente, concrète, existante.

*

Quel jour étions-nous, je ne m'en souviens pas – pas plus que je ne connais ma date de naissance. Je sais juste que nous devions être au mois de juillet, car quelques jours auparavant notre roi Mohammed V avait célébré les dix ans de son fils aîné, Moulay Hassan. Les rues bruissaient de la bonne nouvelle et, avant le dîner du shabbat, notre père avait prié pour la santé et la longévité du prince héritier.

Maman et Sultana s'étaient affairées auprès de moi depuis le lever du jour. Ensommeillée, je marchais entre elles à travers le dédale des venelles encore désertes du mellah, le quartier juif de Casablanca. La fraîcheur matinale promettait d'être éphémère en cette chaude semaine d'été. Nous nous dirigions vers le hammam. Maman me poussait dans le dos pour me forcer à accélérer le pas, agacée, car j'écartais les bras pour essayer de toucher du bout des doigts les murs de part et d'autre des rues étroites. Je faisais cela depuis toujours. Quand j'arrivais à atteindre les deux bords, je m'autorisais un vœu qui, forcément, devait se réaliser.

Aujourd'hui, je priai Dieu de pouvoir passer une journée, une seule, derrière les murailles et contempler l'océan. Mais aussitôt, je me sentis coupable de cette légèreté.

« Mon Dieu, pardon, j'annule. Maître du monde, accorde plutôt la guérison à mon père. »

Ce faisant, je touchai bien les deux parois pour appuyer ma requête.

« Simha, arrête de faire la gamine, ce n'est pas le moment ! » persifla Sultana.

Et, à son tour, elle me poussa dans le dos.

À cette heure matinale, le hammam était dépeuplé. D'ordinaire, je m'y rendais le jeudi après-midi et prenais mon unique bain de la semaine, au sein d'une foule de corps féminins chauds et luisants se préparant à être parfaitement propres pour le shabbat.

Aujourd'hui, Simon, mon petit frère, ne nous accompagnait pas. Aujourd'hui, je n'étais pas de corvée pour frotter le dos de ma mère, ni celui de ma sœur. Ce furent elles qui m'allongèrent sur le comptoir de pierre dans la demi-pénombre, et m'astiquèrent le corps avec application. Je regardais avec désolation la silhouette de ma mère, si maigre, son dos chétif arqué, son sternum rentré à l'intérieur de son poitrail, comme la marque indélébile d'un violent coup de poing. Ses mains rêches me massaient vigoureusement en même temps que l'odeur forte de fleur d'oranger se mêlait à la vapeur chaude et me plongeait dans un état d'abandon profond.

Sultana démêlait mes cheveux, si longs qu'ils m'arrivaient jusqu'à la naissance des hanches. Elle prenait bien soin de séparer chaque mèche. Les dents du peigne me griffaient agréablement la peau, à travers ma chevelure mouillée plaquée sur mon dos. Je sortis de mon alanguissement pour chahuter ma sœur en l'aspergeant d'eau, en lui plantant mes doigts dans les côtes pour la faire rire, mais elle gardait son air grave et poursuivait consciencieusement sa tâche. Maman, aussi imperturbable, inspectait mes ongles un à un, veillant à leur impeccable propreté. Je décidai alors de lâcher prise, et accueillis ces égards exceptionnels avec étonnement et volupté.

J'étais allongée sur le ventre quand, derrière les volutes de vapeur, de mon œil mi-clos, je crus distinguer Hassiba, la sœur de Maman, assise dans un recoin. Nous ne la fréquentions que très rarement, lorsqu'elle venait nous visiter pour la nouvelle année. Depuis qu'elle s'était remariée, elle vivait hors de nos murs, dans la médina. J'avais à peine quatre ans à l'époque de son départ, mais je me souvins que ce remariage avait créé des remous dans notre microcosme. Je laissais traîner mes oreilles ; les cancans des voisines m'avaient appris qu'elle était tombée sous le charme d'un garçon de dix ans son cadet, alors qu'elle était déjà mariée. Les deux amants avaient été démasqués, Hassiba dut divorcer, et finit par épouser le jeune homme fou d'amour.

Je l'observais de loin, devinais son regard bleu perçant à travers la buée ; j'avais l'impression qu'elle regardait dans notre direction. C'était la première fois qu'elle m'apparaissait sans son foulard. Ses cheveux gris noués en deux longues tresses épaisses couvraient sa poitrine menue. Elle se leva, dévoila une silhouette souple et ferme, un corps intact, alors que celui de Maman, qui avait quelques années de moins, était si abîmé.

Je m'apprêtais à lui dire que sa sœur était là, mais je reçus un broc entier d'eau glacée, qui inonda mon visage et créa un nouvel écran de vapeur autour de moi. Quand je repris mon souffle après ce choc thermique et rouvris les yeux, ma tante s'était volatilisée.

Je ne me doutais pas, à cet instant, que je serais bientôt liée à Hassiba pour le restant de mes jours.

Dans une douce indolence, je sortis du hammam, mes cheveux soigneusement enturbannés dans une serviette de bain. Je n'effleurais plus les murs de mes mains, je me sentais trop propre pour cela. Mon corps, bouilli par la moiteur brûlante, se mouvait au ralenti.

Au détour d'un passage, nous fûmes happées par le tohu-bohu du mellah qui s'était réveillé entre-temps. En moins d'une heure, la foule avait surgi, dense et tumultueuse, mue par un signal de départ invisible. Nous étions obligées de jouer des coudes pour nous frayer un chemin dans cette cohue compacte. Les marchands étaient installés de part et d'autre des ruelles et présentaient aux chalands des étals odorants, où étaient disposés du curcuma, du paprika, du cumin, des pains de sucre, des pommes de terre en monticules, des tomates bien mûres, des carottes terreuses, des pièces de viande rouge brun pendues à des crochets autour desquelles bourdonnaient des nuées de mouches. S'y mêlaient les ânes, les carrioles, les artisans accroupis qui martelaient le cuivre devant leurs échoppes, les hommes qui se rendaient à la synagogue d'un pas pressé, les porteurs du marché qui ployaient sous de lourds paniers écrasant leurs épaules, le rémouleur ambulant qui de son sifflet rameutait les clients, les femmes qui lançaient des seaux d'eau sur le pas de leur porte, les enfants qui piaillaient, couraient, jouaient, inlassablement.

Et au-dessus de cet enchevêtrement de sons matinaux désordonnés s'élevait, par-delà les murs du quartier juif, le chant mélodieux du muezzin appelant les fidèles à la prière. J'avais environ quatorze ans, et je ne connaissais rien d'autre que ce vivier grouillant de monde, ce ventre chaud où je me sentais en sécurité.

Une fois passé le seuil de la maison, nous cheminâmes à travers les pans de linge mouillé, étendus d'un bord à l'autre de la cour centrale. Cette maison, nous y habitions à huit familles, chacune occupant une pièce. Nous vivions dans une de ces chambrées de quelques mètres carrés, avec mes trois frères, ma sœur et mes parents. Nous y accomplissions les activités du quotidien, dans la promiscuité la plus totale : dormir, manger, travailler, et parfois même nous y recevions de la visite.

Quand Sulika, notre voisine, nous vit apparaître dans le patio, elle s'empressa de donner le signal en émettant un youyou strident. D'autres voix de femmes fusèrent de tous les coins de l'habitation et lui répondirent en canon. J'étais joyeuse et confuse en même temps : ce chant semblait m'être adressé et, depuis ma tendre enfance, on m'avait appris qu'il était celui des événements heureux.

Je me tenais toujours debout, immobile dans ma robe de velours, j'osais à peine cligner des yeux. Sultana m'avait maquillée. Elle avait coloré mes joues avec de la poudre de coquelicot, puis collé sur mes paupières des paillettes aux reflets verts avec ses doigts humectés de salive. Je ne m'étais pas observée dans le miroir, mais leurs regards, et le sourire ému de ma mère qui me contemplait comme un trésor, suffisaient : moi, la petite fille, je me sentais resplendissante.

D'habitude, j'étais transparente. J'étais d'ailleurs très douée pour me rendre invisible. Je me fondais allègrement dans l'environnement bruyant et surpeuplé dans lequel je vivais. J'aimais que l'on m'oublie ; cela me permettait de rêver.

Mon père n'aimait pas que j'aie l'esprit ailleurs. Combien de fois m'avait-il surprise, le regard au loin, figée en plein nettoyage de sol ou épluchage de légumes ? Pour me rappeler à l'ordre, il tapait dans ses mains, me sortant brusquement de ma torpeur. Je me remettais alors en action, tête baissée, n'osant affronter son air réprobateur.

Le seul moment où je pouvais m'évader sans risque, c'était la nuit, quand tout le monde était enfin couché. Dans notre pièce commune, ma place se trouvait le long du mur, à droite en entrant, près de la porte. Simon, mon petit frère chéri, dormait tout contre moi.

Au milieu de la nuit, Papa, qui souffrait d'emphysème, gémissait de douleur, réveillant ma mère qui pour le soulager lui apportait des décoctions, et parfois même de l'eau-de-vie. Afin de couvrir le son de sa complainte déchirante, je chuchotais dans l'oreille de Simon une berceuse que ma mère m'avait apprise : « Nini ya momo... » Cette comptine avait le don de nous apaiser tous les deux, et nous nous bercions mutuellement, la petite main potelée de Simon dans la mienne. Son corps était entièrement couvert de plaques rouges qui le démangeaient sans cesse dans son sommeil. J'avais pris soin de laisser pousser les ongles de ma main droite pour pouvoir lui gratter le dos et le soulager.

Ils étaient nombreux à avoir attrapé la teigne, à l'école rabbinique. Je les voyais, entassés les uns sur les autres, dans cette minuscule synagogue sans air et sans lumière. Rabbi Mimo, leur maître aveugle, hurlait des versets de la Torah à une horde d'enfants sales et décharnés, qui braillaient à leur tour en balançant leur torse comme des pantins. Je me doutais que, dans ces conditions, il n'apprenait pas grand-chose des textes sacrés ; mais au moins, là-bas, mon petit Simon avait de la soupe chaque jour et ne traînait pas dans les rues. Depuis que notre père était tombé malade, il avait perdu sa place au marché où il vendait des légumes, et nous mangions rarement à notre faim.

Mes frères et ma sœur dormaient au milieu de la pièce, mais le plus souvent mes deux grands frères ne rentraient pas de la nuit. Ils vagabondaient dans le quartier et couchaient on ne savait où. Amran, l'aîné, était musicien, au grand dam de notre père. Parfois, quand il jouait de son oud, Papa se laissait attendrir, le temps d'une chanson. Amran faisait courir ses doigts sur les cordes et entonnait de sa belle voix grave un refrain que mon père reprenait tout bas. Il semblait s'apaiser un instant ; puis il se ressaisissait soudain et lui ordonnait d'arrêter.

Mes parents dormaient de l'autre côté de la chambrée, l'un près de l'autre, la moitié du mois. J'avais eu mes premières règles trois mois auparavant. Sultana m'avait expliqué qu'une fois mariée, je ne pourrais pas partager le lit de mon mari durant cette période. Je compris alors que, lorsque Maman se couchait près de nous, c'est qu'elle était impure.

Dans cet espace exigu et encombré, sans air, bruissant des souffles de notre famille, des frottements de nos corps, de nos râles, de nos borborygmes, j'attendais qu'ils soient tous assoupis afin de m'évader. Les yeux clos, je laissais mon esprit divaguer et me détachais de ce lieu, de son étroitesse. Je m'imaginais libre et me voyais survoler le mellah à toute allure. C'était fulgurant, je ne connaissais aucune limite. Le vacarme de la journée s'estompait, des images me revenaient par bribes, crépitaient sous mes paupières et s'évanouissaient à mesure que je m'élevais dans un espace cotonneux et silencieux. Je pouvais enfin sombrer dans un sommeil profond, dont j'étais rudement extirpée par Maman au petit matin.

Aujourd'hui, cependant, elle m'avait réveillée en répétant avec douceur : « Simha, *nodi ya benti*[1]. » Et c'est avec une tendresse inhabituelle qu'elle plaça sur ma tête une coiffe brodée de perles et de pièces d'or. Elle déposa un long baiser sur mon front, les larmes aux yeux, puis murmura : « Voilà. Comme une reine… »

Mon père et mes frères nous attendaient dans le patio, propres et bien habillés. Je n'avais jamais vu Papa aussi élégant. Il avait troqué son habituelle djellaba poussiéreuse et rapiécée contre une zokha, cette longue blouse noire ouverte sur le devant, soulignée à la taille par une ceinture rayée.

Nous sortîmes ; je tenais fermement le bras de ma mère et, de l'autre côté, la petite main chaude de Simon, qui pleurait continuellement, sans bruit. Sultana marchait derrière en soulevant ma robe, pour éviter que ne la souillent les détritus qui jonchaient le sol. Cela faisait partie du paysage du mellah ; ces ordures amassées en

1. « Simha, lève-toi, ma fille. »

monticules fétides pouvaient rester des semaines avant d'être enlevées.

Mes deux frères fermaient la marche avec mon père. À intervalles réguliers, ils s'arrêtaient pour le laisser souffler et tousser à s'en arracher les poumons. Nous arrivâmes devant une porte étroite en métal vert foncé et cloutée sur toute sa surface, qui s'ouvrit sur une assemblée éparse et informe que j'évaluai à une quinzaine de personnes. À peine étais-je entrée que tout, et tout le monde, devint flou.

Des fragments de cette soirée jaillissent dans ma mémoire. Le bruit de verre cassé, celui qu'avait écrasé Eliahou, le mari de ma tante, de son pied droit. À l'époque, j'ignorais la signification de ce geste. Un rabbin avait récité une prière courte et monotone, puis un youyou faible et enroué avait percé le silence de plomb qui s'était ensuivi.

Je ne comprenais pas bien ce qui se déroulait sous mes yeux mais je me sentais rayonnante, illuminée par les regards qui convergeaient vers moi. De ma vie, jamais je n'avais été au centre de l'attention comme ce soir-là. J'avais l'étrange sensation de n'être plus reliée au sol, je flottais. Les visages alentour se déformaient, les voix dissonaient, les sourires s'étiraient à l'infini.

Plus tard, dans la soirée, je me retrouvai assise à une longue table parsemée de petites assiettes remplies de victuailles. Maman m'avait ordonné de jeûner en me répétant que c'était la tradition. Je n'avais pas posé de question. Le ventre creux, je salivais en reluquant la viande baignant dans sa sauce, les olives rutilantes, les sardines farcies, les poivrons rouges, les carottes au cumin, le pain moelleux. Je ne m'expliquais pas ma présence ici, assise avec les adultes, entre ma mère et Eliahou. J'aurais voulu être auprès de Simon que j'apercevais tout seul rôdant autour des plats et affairé à engloutir en cachette tout ce qu'il pouvait attraper.

Quand je questionnai discrètement Maman sur l'absence de ma tante, elle me fit taire de son regard sévère. J'observai Eliahou, rencontré seulement quelques rares fois quand j'étais enfant. À peine plus grand que moi, il me paraissait élégant dans son costume trois pièces gris foncé. Je songeai qu'il devait être riche pour s'habiller comme les Français et m'interrogeai sur l'âge qu'il pouvait bien avoir en détaillant son front haut, son nez imposant, ses oreilles décollées, et les deux profondes rides qui rejoignaient la commissure de ses lèvres charnues.

À peine m'avait-on servie que je me jetai sur mon assiette. Un violent coup de coude dans les côtes me freina. Ma mère me chuchota à l'oreille :

« Doucement, ma fille, c'est honteux !

— Laisse-la », dit le mari de ma tante d'une voix douce, en me fixant de ses yeux bleu pâle.

Et il effleura mon bras pour m'encourager à manger. Un frisson glacé me parcourut le corps ; je m'arrêtai net et repoussai mon assiette. Il se pencha vers moi, sourit et posa ses larges mains bien à plat sur la table. Étrangement, à cet instant-là, je me dis que ce devait être un homme gentil.

Je sentais qu'il me dévisageait avec insistance tandis que je m'efforçais de rester immobile, malgré ma robe qui m'écrasait, la chaleur qui me montait au visage et la sueur froide qui coulait le long de mon échine.

Je cherchai du regard la présence réconfortante de Simon. Les deux mains jointes sous sa joue, il s'était endormi par terre, repu par l'inhabituelle abondance des mets.

« Simon est fatigué, je veux rentrer », dis-je à ma mère.

Ce furent mes premiers mots de la soirée, et je les avais prononcés assez fort pour être entendue autour de la table. Quelques convives étouffèrent des rires et ma mère me sourit faiblement.

« Tu ne vas pas rentrer ce soir, ma fille. »

Je ne suis pas rentrée, et je suis restée là pour la vie.

2.

Anna

Ce vendredi, la famille que nous avions créée vivait ses dernières heures ensemble, sans heurt, sans cérémonie. Nous nous séparions comme nous nous étions unis, dans une continuité logique. Je ne me souvenais pas d'avoir pris la décision de cette vie commune, ou même d'y avoir réfléchi.

La chance, inouïe selon moi, de fonder un nouveau foyer avait très certainement suffi pour que je me lance dans cette seconde – et infructueuse – aventure conjugale.

Dans la chaleur de ce matin de juin, au milieu de ce qui fut notre salle à manger, nous attendions, devant nos cartons soigneusement emballés, devant les objets et meubles que nous nous étions partagés en les marquant d'une gommette – jaune pour lui, verte pour moi. Les déménageurs chargèrent nos vies respectives dans deux camions distincts, puis les véhicules prirent des directions opposées. Nous restâmes tous les deux plantés là, sur le trottoir, sans un mot, sans oser nous regarder.

Depuis mon départ à dix-sept ans de Casablanca, ma ville natale, je n'avais été qu'en mouvement. Ce premier déracinement avait été les prémisses d'incessants changements de maison, de travail, de compagnon ; aujourd'hui, j'aurais voulu qu'un expert dûment habilité vienne constater les dégâts et homologuer notre chagrin. Que nous soit délivré un certificat de souffrance, une attestation d'échec. Rien de tout cela. Il suffisait de rendre nos clés, d'arrêter de payer le loyer, d'emménager à une nouvelle adresse, pour devenir quelqu'un d'autre et appartenir à une autre famille.

Dans ce déchirement paisible, j'entraînais avec moi mes deux enfants. Mila, ma fille de dix-sept ans, et Jules, mon petit garçon, qui en avait cinq. La veille, dans sa chambre désormais vide, il avait essuyé ses larmes, l'air bravache derrière ses lunettes cerclées de bleu. Je le serrai dans mes bras et enfouis mon visage dans les plis de son cou moelleux. Je me cachai là et restai muette. J'aurais voulu lui murmurer que j'étais accablée, que je me sentais coupable de cette déroute – mais nous sommes bêtement enclins à masquer notre tristesse et à enjoliver les événements malheureux auprès de nos enfants. Alors, la voix blanche, je lui vantai les mérites de sa future vie, de sa nouvelle école géniale, de ses nouveaux copains, et, comble de bonheur, de ses deux maisons.

Mila était habituée à nos pérégrinations. Depuis ses deux ans, à mon premier divorce, elle avait dû s'adapter à mes variations. Quand je lui annonçai ma séparation d'avec son beau-père, elle ne dit rien. Elle inclina simplement sa tête auréolée de longues boucles brunes, puis m'adressa un sourire de madone consolatrice. Elle avait encore ses joues roses et rebondies de bébé, mais, dans son regard, je retrouvais sa force et sa détermination face aux épreuves que nous traversions. J'aurais préféré qu'elle agisse comme n'importe quelle ado, qu'elle hausse les épaules, qu'elle claque une porte, qu'elle prononce des mots qui dépassent ses pensées, mais non, elle se tenait là, à mes côtés, prête à recommencer.

Soumise aux lois de la jungle immobilière parisienne, je n'avais pu visiter qu'une fois le logement où j'allais désormais vivre avec Mila et Jules. Une visite menée tambour battant par une jeune femme expéditive et hautaine, sûre de louer son bien dans la matinée. Pendant qu'elle me débitait d'une voix nasillarde et monocorde la fiche de l'appartement, je la détaillai. Elle flottait dans une veste épaulée bordeaux lustrée assortie à une jupe d'une longueur bâtarde qui coupait ses maigres mollets, le tout sur de hauts escarpins en vernis crème éraflés aux talons.

« Je vous laisse réfléchir tranquillement », me dit-elle d'un ton détaché, contredit par son regard dur, quasi menaçant.

À travers la fenêtre, le ciel anthracite, très bas, semblait sur le point d'exploser, et habillait de tristesse les pièces de la « perle rare » dont elle venait de me faire l'article. J'étais perdue. Je devais prendre toute seule et tout de suite une décision de vie pour trois êtres humains face à cette fille aux allures de lycéenne qui semblait avoir emprunté le tailleur de sa mère pour un jeu de rôle.

Une sonnerie stridente retentit et ricocha sur les murs vides. Elle courut vers l'interphone à grands coups de talons sur le parquet pour ouvrir au visiteur suivant.

« Je le prends », m'entendis-je prononcer, provoquant un dérapage contrôlé de la demoiselle, qui revint vers moi le sourire aux lèvres. Sans savoir s'il me plaisait, sans m'assurer qu'il me conviendrait, j'ai signé.

Soixante-dix mètres carrés. Exactement la moitié de la surface que nous habitions quand nous vivions ensemble. J'avais annoncé fièrement à mes enfants qu'ils auraient chacun leur chambre, en me gardant de mentionner que j'allais devoir dormir sur un canapé-lit.

Dans le minuscule ascenseur de notre nouveau chez-nous, nos peaux moites perlaient de la même anxiété. Je me mordis les lèvres. Ils quittaient un décor spacieux, foisonnant, coloré, pour se retrouver dans ce logement vide dont je ne me souvenais qu'à peine. « Je suis désolée », avais-je laissé échapper en guise de bienvenue, avant d'introduire la clé pour ouvrir la porte en bois vert foncé.

Mais dès le seuil franchi, nous fûmes tous trois saisis. J'eus le sentiment étrange et réconfortant que cet endroit nous attendait. Mes narines frémirent à l'odeur piquante de neuf qu'exhalait le parquet verni ; un souffle frais et caressant, libéré par les fenêtres grandes ouvertes, chassa agréablement notre moiteur. Dans le salon, une douce lumière de fin d'après-midi dessinait des halos orangés sur les murs blafards.

« Ouah, c'est trop beau ! » s'exclama Jules, qui prit immédiatement possession des lieux en courant dans toutes les pièces, les bras en avion, et en chantant à tue-tête la fameuse chanson du *Roi lion* – « C'est l'histoire de la viiiiie… »

Mila demeura dans l'entrée.

« Ça te plaît ? lui demandai-je, anxieuse.

— Elle est où, ma chambre ?

— Viens, je vais te montrer. »

Je ne reconnaissais pas grand-chose, mais je pris mon air le plus assuré pour me poster devant une porte que j'ouvris en m'exclamant, théâtrale : « La chambre de Mademoiselle… »

C'était la salle de bains.

Mila haussa les épaules comme elle l'aurait fait devant un enfant irresponsable, et partit trouver son antre toute seule.

Nous étions chez nous. La vision de nos cartons aux gommettes vertes, trônant au milieu de ce qui allait être notre salon (et ma chambre à coucher), provoqua en moi un sentiment inédit de bonheur triste. Machinalement, je murmurai une incantation que prononçaient mon grand-père et mon père pour bénir tout événement nouveau. Un emménagement, l'achat d'un vêtement neuf, le premier fruit de la saison, des retrouvailles avec un être cher étaient autant d'occasions de prononcer : « Béni sois-tu de nous avoir fait vivre, exister et parvenir jusqu'à ce moment. » Tout en marmonnant ces mots pour conjurer ma peine, je sortis de mon sac un ballot de soie verte que je déroulai précautionneusement pour en extraire un cadre doré enserrant une photo, celle du mariage de mes grands-parents.

Depuis toujours, ce cliché que je contemplais dans la vitrine fermée à clé de ma grand-mère me fascinait. Je passais de longues minutes à scruter les moindres détails de l'image jaunie à la bordure blanche dentelée – Papi Eliahou, que nous surnommions Papiel, dans son costume gris foncé, debout, altier, une main dans une poche et l'autre s'appuyant sur le dossier de la chaise où se tenait son épouse. Ses tempes grisonnantes trahissaient sa quarantaine naissante tandis que sa sveltesse élégante, son regard, vif et clair, lui conféraient un air juvénile. Je m'attardais ensuite sur Simha, ma grand-mère – ou Mimi, comme l'appellent ses enfants et petits-enfants. Le visage de trois quarts, ne fixant pas l'objectif, la mélancolie de ses yeux noirs contrastait avec sa posture bien droite et son menton volontaire, fièrement relevé. Elle arborait une ksoua kbira en velours vert brodé d'or, la robe de mariée des juifs marocains de l'époque.

J'avais pris possession de ce talisman le jour de la mort de mon grand-père. Alors que j'errais dans la maison en deuil, fuyant la pièce où ma grand-mère, entourée de ses sept enfants, pleurait son défunt mari, je tombai sur la vitrine entrouverte pour la première fois. Avais-je pressenti, du haut de mes dix ans, que cette photographie détenait un secret qu'on me révélerait des années plus tard ? Je m'emparai subrepticement du précieux objet et le glissai sous mon pull, contre ma poitrine. Il ne m'a jamais quitté depuis.

Trente ans plus tard, tout en réprimant de nouveau la sensation entêtante que l'on m'avait caché quelque chose, je l'installai bien en évidence sur le rebord de la cheminée, seul support disponible dans mon appartement vide.

Je n'avais quasiment plus de meubles, ayant refusé d'emporter ces témoins passifs de notre défaite. Je ne pouvais continuer de dormir dans notre lit dont le matelas avait gardé les traces du ballet nocturne de nos corps – qui s'étaient emboîtés, frôlés, ignorés pendant toutes ces années. Exit le canapé gris élimé où je regardais la télé, les pieds sur ses genoux. J'avais aussi laissé tomber la lourde table en chêne qui avait monté les cinq étages sur notre dos et accueilli repas, devoirs, travail, discussions, sexe aussi, une fois.

À la naissance de son petit frère, Mila y avait gravé au compas un cœur avec nos quatre noms à l'intérieur. Ce fut la quintessence de l'incompréhension dans notre couple. Pour moi, il s'agissait d'un geste d'amour, même maladroit, mais lui y avait vu de la provocation et avait immédiatement effacé le méfait au papier de verre, en hurlant : « Du chêne du Tibet ! »

Ironie du sort, les seuls objets que je décidai d'entraîner avec moi furent ma batterie de sept casseroles italiennes hors de prix – que je m'étais offertes avec mon premier salaire en France.

J'y avais brûlé une multitude de plats, elles n'en gardaient aucune trace et me suivaient dans chacune de mes vies avec une rutilance tapageuse et une solidité à toute épreuve.

Mila avait vu dans notre migration l'occasion de se débarrasser de sa chambre de petite fille. La nuit avant notre départ, nous avions descendu les trois étages de l'immeuble, portant toutes les deux, en ahanant, son lit à baldaquin de princesse. Je fis toute la manœuvre en marche arrière, tenant le lit à bout de bras comme si je rembobinais la vidéo de notre arrivée.

Nous déposâmes le meuble rose pâle au milieu des encombrants. Essoufflée, haletante, je m'effondrai sur le fin matelas. Mila s'assit à côté de moi. Je la pris dans mes bras et, sans raison, un fou rire nous secoua. Premier rire depuis des mois. Un rire qui nous épargnait de parler mais qui débordait d'amour.

Pendant cette période sourde de séparation, nous avions tous retenu notre souffle, parlé à voix basse, étouffé nos éclats. Là, je retrouvais ma fille, son sourire, sa gaîté, la mienne aussi. Nous abandonnâmes joyeusement le lit sur le trottoir, dans la rue noire et déserte, ses rideaux en voile blanc claquant au vent comme des fantômes.

En attendant la livraison de nos nouveaux meubles, nous avions collé deux matelas de mousse par terre dans le salon, et nous y dormions tous les trois.

Je n'avais jamais lu de livres à Mila et à Jules : je préférais leur raconter des histoires, qui m'étaient arrivées ou encore sorties tout droit de mon imagination, mais l'action se déroulait invariablement dans les décors de mon enfance. Jules, fasciné, écoutait la énième version de ma journée de pêche avec mon père qui n'y connaissait absolument rien, au port de Casablanca. Couchée à ma droite, Mila, le nez rivé sur son téléphone, tendit tout de même l'oreille quand je confiai que, bredouilles, nous avions acheté en cachette des poissons pour ne pas perdre la face en rentrant à la maison. Nous fûmes honteusement démasqués : ma mère se rendit compte qu'ils avaient été soigneusement vidés et écaillés ! Bien qu'ils aient entendu ce récit maintes fois, Jules et Mila éclatèrent de rire en cœur.

Cette communion me plongea dans une tendre plénitude. J'étais là, près d'eux, et ils semblaient aller bien malgré nos errances d'adultes. Le divorce m'avait au moins accordé ces moments d'intimité forcée que nous n'aurions jamais vécus autrement.

L'annonce de location spécifiait « cuisine à aménager ». Effectivement, la pièce était vide.

Seuls quelques tuyaux gris et des fils électriques multicolores jaillissaient des murs. À quarante et un ans, je devais décider de l'agencement de ma cuisine pour la première fois de ma vie.

Mon enthousiasme à cette idée fut vite terni par les regards graves de mon entourage, qui me conseillait « vivement » de faire appel à un professionnel. Sans savoir si c'était l'importance de la tâche ou leur peu de confiance dans mes capacités organisationnelles qui les faisait réagir ainsi, je me lançai tout de même dans cette mission.

J'occupais mes nuits blanches à consulter fébrilement sites Internet et magazines spécialisés, à l'affût des « coups de cœur » et des « must-have » du moment. Au bout de quelques jours, j'avais accumulé des centaines de pages. À cela s'ajoutaient des échantillons de carrelage, de bois, massif ou aggloméré, de marbre vrai et faux, de boutons de porte, de tiroirs. Le tout avait formé au fil des nuits un fatras difforme et menaçant qui me fit capituler.

Je pris rendez-vous avec un spécialiste, dans une enseigne dont le jingle publicitaire, rabâché sur toutes les radios, me trottait dans la tête depuis une semaine…

« Cuisiland, créons ensemble la cuisine qui vous ressemble ! »

3.

Je fus royalement accueillie, par un jeune homme tout sourire, en chemisette blanche et cravate rouge portée bien au-dessus de la ceinture. Colin, c'était le prénom inscrit sur son badge, me salua en me tendant une main molle et humide comme une vieille éponge, et m'engagea à le suivre dans un impressionnant hangar, qui devait faire une bonne dizaine de mètres de haut et où des éléments de cuisine s'alignaient à perte de vue.

Arrivé dans son bureau-cuisine, il m'invita à me jucher face à lui sur un tabouret surélevé en métal chromé. Après avoir ostensiblement éteint son téléphone, pour bien montrer qu'il allait se concentrer sur mon cas, il me lança, avec la même condescendance que mon médecin généraliste : « Que puis-je faire pour vous ?... »

J'ouvris devant lui ma chemise cartonnée – elle contenait ma collection complète de cuisines idéales – et entamai la description de mes attentes, en insistant sur les couleurs chaudes et les matériaux naturels, auxquels je tenais mordicus. Comme j'étais naïve.

Il écouta mon exposé de novice jusqu'à la fin, mains jointes, les deux index sur les lèvres, soulevant un sourcil perplexe à intervalles réguliers, puis m'adressa un sourire navré.

« Vous avez terminé ? »

J'acquiesçai, les joues en feu, telle une petite fille venant de réciter sa poésie devant son maître d'école. Sans un mot, il fit pivoter son écran d'ordinateur vers moi.

« Avant tout, nous allons déterminer comment vous vivez votre cuisine… Levez-vous ! » m'ordonna-t-il.

Il voulait se rendre compte de mes besoins, et pour ce faire il me demanda de mimer les gestes habituels que j'accomplissais dans ma cuisine. Après un instant d'hésitation pour vérifier s'il était sérieux, je lui obéis en confectionnant gauchement une blanquette imaginaire, puis un petit déjeuner pour mes enfants, et, tout simplement, me suggéra-t-il, « un sandwich sur le pouce après une journée de boulot ». Au cours de cet exercice ubuesque, alors que Colin me scrutait très sérieusement en annotant son carnet, je pris conscience que je simulais une préparation de repas pour quatre, comme si mon mari était encore là.

Étions-nous toujours une famille ?

Je n'eus pas le temps de m'attendrir sur mon sort, car Colin avait enchaîné sur le choix de la taille du congélateur en fonction de ma consommation de produits surgelés. Deux, trois tiroirs ? Un congélateur américain ? Je n'en savais rien, cela dépendait tellement des périodes de ma vie. Quand j'étais heureuse, amoureuse, je cuisinais, beaucoup, frais, coloré, épicé ; sinon, c'était surgelés et plats tout faits. Je pensais à ces familles unies qui dînaient ensemble autour d'une grande et belle table pendant qu'au même moment j'engloutissais un yaourt debout après avoir fait dîner les enfants.

« Combien êtes-vous à la maison ? »

Je lui répondis abruptement : « Plus que trois, je viens de divorcer. »

J'espérais teinter notre échange d'un peu d'humanité, qu'il comprenne que je vivais un épisode difficile, mais il ne releva pas et poursuivit bille en tête sur le point crucial de l'aménagement d'une cuisine – à savoir : le « triangle d'activité ».

« Ce triangle est composé de trois pôles : lavage, stockage et cuisson, qui doivent ab-so-lu-ment être positionnés de manière à limiter les déplacements inutiles. Compris ? »

Il terminait toutes ses phrases ainsi, marquait un temps pour être sûr que je suivais, puis continuait à me noyer dans son argumentaire, doctement.

Je me sentais rapetisser. Progressivement, la lumière des néons au-dessus de nos têtes devenait de plus en plus crue, aveuglante. Les lignes droites de cet immense entrepôt se courbaient, tourbillonnaient. Les caissons rectangulaires, les carreaux au sol, les allées bien rangées, tout semblait fondre. Je respirai profondément pour couper court à cette vision cauchemardesque, quand Colin se redressa et, plusieurs fois d'affilée, ouvrit puis ferma d'un geste magistral et vigoureux les tiroirs d'un meuble témoin.

« Fermeture avec amorti, système breveté unique au monde. Aucun impact. Venez essayer. »

C'est là que c'est arrivé.

Des images de mon enfance marocaine surgirent comme une gifle inattendue. La gorge nouée, le menton tremblant, je retins mes larmes avec peine.

Dans ce temple de l'ergonomie et de la facilitation des tâches, au milieu des échantillons de crédence, de robinets mitigeurs, de doubles éviers, un souvenir s'était imposé à moi, et je me retrouvai envahie d'un sentiment de futilité et d'indécence.

Je revoyais Mimi, ma grand-mère, les chevilles enflées d'avoir passé la journée debout, s'affairant, arc-boutée sur son « plan de travail » qui se résumait à une table basse branlante. Un fichu noir noué sur le sommet du crâne, elle alignait des rangées de biscuits sur de grandes tôles prêtes à être enfournées. Autour d'elle, d'immenses bassines où trempaient des légumes épluchés et de la viande couverte de gros sel jonchaient le sol. Dans le même temps, elle effectuait des va-et-vient sur le balcon devant un canoun, sorte de petit barbecue au charbon, où grillaient des poivrons rouges, dont l'odeur piquante et fumée reprit vie dans mes narines.

J'avais sept ou huit ans. Avec mes deux frères, nous bravions son interdiction d'entrer dans la cuisine pour piquer en cachette de la pâte à biscuits que l'on gobait crue tandis qu'elle nous hurlait d'affectueuses menaces en arabe.

Nous dînions chez elle rituellement tous les shabbats, le vendredi soir. Des dîners à géométrie variable, dont le noyau dur était mon père Joseph, son frère Alain et leurs enfants respectifs. Les cinq autres frères et sœurs de mon père, disséminés en France, en Suisse ou au Canada, en étaient les invités de marque, rares et épisodiques.

Depuis que j'avais quitté Casablanca pour faire mes études de journalisme en France, je ne voyais Mimi qu'occasionnellement, au gré de mes vacances. Je ne pensais presque jamais à elle, et elle ne me manquait pas.

Je ne lui avais pas annoncé mon divorce. Elle avait connu mes deux maris et, chaque fois, à la veille de mon mariage, avait prononcé ces mots prémonitoires : « Attention, si tu n'es pas heureuse, tu t'en vas. » Et elle ponctuait sa phrase par : « Et alors ? Bien sûr ! » Comme pour répondre à une réprimande imaginaire.

Mesurait-elle la solitude et le désarroi de la séparation ?

Car elle avait certainement dû être malheureuse, mais jamais seule. (Quant à moi, avais-je écouté inconsciemment cette injonction ?) Au Maroc, nous étions accompagnés pour chaque grande étape de la vie et, quand un membre de la famille, un ami, emménageait dans une nouvelle maison, nous lui rendions visite, les bras chargés de sucre, de miel, d'huile en chantant des youyous avec en tête le devoir de lui porter bonheur. Point d'orgue de ce rituel, nous nous réunissions devant l'entrée de ce nouveau foyer pour l'accrochage de la mezouzah[1] sur le linteau droit de la porte, en récitant des prières.

Que s'était-il passé pour que je me retrouve sans traditions, sans réconfort, dans cet épisode

---

1. La mezouzah, sorte de boîtier contenant deux passages bibliques rédigés sur un parchemin, est apposée sur le chambranle de l'entrée d'une demeure.

douloureux de ma vie ? Seule face à Colin qui se démenait pour que j'achète la cuisine la plus belle, la plus fonctionnelle, et surtout la plus chère.

Profitant de ma distraction, le bougre s'était emballé et me présentait fièrement sur son écran le résultat obtenu grâce à l'étude informatique « extrêmement précise » de mon profil : une cuisine blanche laquée, qui n'avait strictement rien à voir avec celles que j'avais pu imaginer. Accablée par son sourire autosatisfait, je savais que je n'aurais pas le courage de modifier le cours des événements.

Alors, lâchement, je me dis que c'était pas mal, aussi, en blanc.

« C'est… lumineux, soupirai-je.

— E-xac-te-ment ! »

Colin avait changé de visage. L'œil torve, il avait jeté sa cravate par-dessus son épaule pour taper sur son clavier, ses narines palpitaient. Il voulait me ferrer.

Ne plus le voir, ne plus l'entendre, rentrer chez moi, me perdre dans ma nostalgie, plonger dans mon lit et laisser défiler mes souvenirs en regardant le plafond : je ne voulais que cela. Urgemment.

Colin était en sprint final. Son front perlait d'excitation quand il ajouta pour la beauté du geste :

« J'ai moi-même une cuisine similaire et, avec mon épouse, nous sommes très satis… »

Je coupai court. Je ne pouvais écouter un mot de plus.

« C'est bon, je vais la prendre ! »

Le sourire de Colin s'effondra instantanément. Il semblait presque déçu que cela aille si vite. Je représentais une proie trop facile pour ce virtuose commercial.

Sans rien dire, je lui retirai des mains les feuilles du devis sorties toutes chaudes de l'imprimante, lui arrachai le stylo accroché à la poche de sa chemisette, et, d'un geste large et sûr, y apposai ma signature, malgré un montant si exorbitant que j'en eus la respiration coupée. Pour me déculpabiliser, je me dis que je n'avais jamais commandé de cuisine sur mesure de ma vie : celle-ci vaudrait pour toutes les autres.

La mine grave, Colin me raccompagna jusqu'à la porte, en prenant soin de s'attarder devant ses collègues pour bien leur montrer qu'il venait de conclure. Je gardai mes mains enfoncées dans les poches de mon imperméable pour me dispenser de serrer sa paume glissante, et m'échappai enfin de cette forêt de contreplaqué.

Une fois dehors, je respirai un grand coup et jetai dans la première poubelle venue mon dossier que j'avais candidement intitulé « idées cuisine ».

Je me mis à marcher d'un pas rapide et décidé, mais je n'avais pas la moindre idée de ma destination.

Je savais que je pourrais gérer ma douleur, que je parviendrais à surmonter ma peine, qu'un matin, j'ouvrirais les yeux et que le chagrin ne serait plus là. Comme après une mauvaise grippe, la douleur, la fièvre, auraient disparu, me laissant exsangue mais renouvelée, euphorique d'en être sortie.

Non, ce qui me submergeait, c'était la logistique de cette séparation.

J'avais cru à tort qu'en prenant le minimum de meubles et d'objets avec moi, je me libérerais ; mais le vide ainsi créé appelait obligatoirement une cohorte de nouvelles acquisitions. Il me faudrait me rendre dans des magasins bondés pour en choisir de nouveaux, les commander, les transporter, attendre leur livraison, les installer. Puis, plus tard, les épousseter, les nettoyer, les réparer.

En pleine rue, la liste des biens nécessaires à mon quotidien vint assaillir mon cerveau ; défilaient ainsi chaises de salle à manger, consoles pour l'entrée, paillassons, meubles à chaussures, tables basses, pinces à linge, spatules, maniques… dans une grande farandole effrayante. Pour semer l'angoisse d'être un jour ensevelie par ce fourbi, j'accélérai le pas, mais mon esprit continuait de bouillir.

J'allais devoir adopter un canapé que je ne connaissais pas, sans les taches des biberons de Jules, sans le plaid bouloché que nous nous disputions pour nous emmitoufler. Fini notre table basse en bois claudicante, calée à l'aide d'une carte de visite pliée en quatre. Je ne pourrais jamais faire entrer tous mes vêtements dans ce placard que je venais d'acheter et qui, pour l'instant, gisait sous forme de planches dans un carton plat et lourd. Désormais, au réveil, je n'aurais plus sous les yeux la marine chinée aux puces un dimanche pluvieux en promenant Jules dans sa poussette.

Et ce que je redoutais le plus : la cuisine. Colin m'avait promis que l'installation n'excéderait pas « quatre petits jours », mais je pouvais sans peine imaginer le chantier bruyant et poussiéreux qui envahirait l'espace pendant que je sortirais mon ancienne vie des boîtes, tout en affectant une humeur radieuse devant mes enfants. J'étais sûre de ne jamais y arriver.

Je m'arrêtai net et consultai machinalement le nombre de pas affichés sur mon téléphone : 12 564. Je marchais depuis plus d'une heure. Sur la plaque d'une rue, je pus lire Boulogne-Billancourt. Comment étais-je parvenue jusqu'ici ?

J'éclatai en sanglots et m'effondrai sur le banc d'un arrêt de bus.

Dans mon brouillard de larmes et de pensées lancinantes, Mimi m'apparut de nouveau. Je me représentai son appartement où rien n'avait bougé depuis que j'étais née et dont je connaissais le moindre recoin. Je voulais retrouver l'immuabilité de ces repères et m'y cramponner dans ma dérive. Elle seule détenait une histoire continue, sans ruptures, sans départ, sans déracinement. Elle seule pourrait me consoler dans ce giron ancestral.

Une idée commençait à poindre en moi, une éclaircie dans le magma de ma peine.

Partir, juste quelques jours.

Rassérénée et énergisée par cette décision aussi soudaine que sans appel, j'organisai ma fuite : j'achetai un billet d'avion par téléphone, dans la rue. Aller Paris-Casablanca vendredi matin, retour lundi soir. Presque quatre jours, ni trop ni pas assez, c'était parfait.

Sans transition, j'appelai ma grand-mère en composant son numéro marocain que je savais par cœur. Elle ne dit rien en décrochant, un simple souffle qui m'assurait de sa présence à l'autre bout du fil.

« Mimi, c'est Anna ! Je vais venir te voir. J'arrive vendredi. »

Mon annonce aussi enjouée que péremptoire fit place à un silence de surprise vite comblé par des bénédictions marmonnées en arabe. Des prières invoquant Dieu pour qu'il me protège, et qui mettaient un voile de pudeur sur les mots affectueux qu'elle aurait pu prononcer.

« Tu n'as pas de problème, au moins ? me demanda-t-elle tout de même.

— Non, Mimi.

— Je t'attends, *benti*[1]. »

Munie de ce permis de séjour, je dressai mentalement une nouvelle liste, celle des personnes à prévenir.

Le bal des réticences fut ouvert par le père de Mila. Après notre divorce, nous avions échangé de loin en loin quelques messages d'une violente courtoisie, mais je ne lui avais pas parlé de vive voix depuis au moins dix ans.

Cet homme faisait désormais partie d'une autre vie, celle où, alors que j'étais fraîchement débarquée de Casablanca, je fus subjuguée par un architecte de trente-cinq ans aux yeux vert clair. J'avais dix-huit ans. Son empressement inédit envers la fille gauche et inexpérimentée que j'étais avait suffi pour que je me laisse porter. Il fut mon

1. « Ma fille. »

premier amant, le père de mon premier enfant et mon premier mari. Mon premier divorce, aussi, à vingt-trois ans.

Avant de composer son numéro, je m'aperçus que je ne connaissais plus rien de lui. Notre dernière conversation avait été également notre dernier désaccord. Parti vivre en province après notre divorce, il ne venait voir Mila que rarement. Le ton était monté quand, une énième fois, je m'offusquai qu'il l'emmène en vacances, à Paris, à quelques centaines de mètres de chez elle, dans un hôtel aseptisé pour commerciaux en clientèle. Depuis, nous ne communiquions que par de rares e-mails logistiques.

Il décrocha immédiatement, sans marquer la moindre surprise.

« Ça tombe mal… »

Ce fut sa réponse à ma seule demande en dix ans, mon seul appel à l'aide. J'étais glacée de colère.

« Je pars quoi qu'il arrive. Si tu ne veux pas l'accueillir, elle restera toute seule », avais-je lâché, les dents serrées, avant de raccrocher. Je ne sais ce qui m'avait pris. Pourquoi cette urgence ? Cette impériosité me submergeait, et j'en étais moi-même étonnée.

« Je vais voir ce que je peux faire », m'arriva par SMS un peu plus tard. J'exultai de cette petite victoire bien légitime.

Le soir, une fois Jules couché, je m'assis sur le rebord de la baignoire dans notre minuscule salle de bains pendant que Mila se brossait les dents. La bouche encore pleine de mousse, elle haussa les épaules quand je brandis avec un enthousiasme démesuré ses billets de train pour Strasbourg. Elle allait passer un week-end chez son père.

Je forçais, j'agissais cavalièrement, mais cette sensation oubliée d'être connectée à un besoin profond faisait circuler de nouveau la joie en moi.

4.

Le lendemain, pour la première fois depuis ma séparation, j'ouvris les yeux sans tressaillir face à la place vide à côté de moi. Je n'étais pas assommée par cette tristesse qui ventousait mon corps au matelas. Je me levai d'un bond, animée par mon objectif de la journée. Je devais annoncer à mon père mon départ pour Casablanca et lui déléguer la supervision de mon chantier de cuisine. À cause de son côté rêveur et distrait, il n'était certainement pas la personne indiquée pour cette tâche, mais il était si désemparé de me voir malheureuse que j'en étais arrivée à m'inquiéter de son inquiétude à mon égard. En lui attribuant ce rôle, je savais qu'il irait mieux car il aurait la possibilité de m'aider… à aller mieux.

Je bus mon café en ondulant – Whitney Houston, sur ma playlist, avait très très envie de danser « *with somebody* ». Des années que je n'avais plus écouté *ma* musique en toute liberté, des années que mon mari coupait brutalement la chanson sur laquelle je fredonnais joyeusement pour lui substituer un de ses morceaux de jazz préférés en lançant « Ça, c'est de la musique », avant de se diriger vers la douche. (Depuis, n'importe quel titre de jazz provoquait en moi un agacement viscéral.)

Flanquée de mon petit garçon, cartable sur le dos et croissant à la main, je me pointai sans prévenir au Valois, la brasserie de quartier préférée de mon père, sûre de l'y trouver à cette heure-là. De l'autre côté de la rue, j'aperçus sa crinière laiteuse se détachant des autres matinaux attablés.

D'aussi loin que je me souvienne, mon père avait toujours eu les cheveux blancs. Comme s'il n'avait jamais vieilli, comme s'il avait toujours été sage. Au cœur de l'agitation, il se tenait assis, le dos droit, face à sa tasse de café, et contemplait de son œil rêveur d'éternel badaud le simple spectacle de la rue. Quand j'étais enfant et que nous partions en balade, il arrivait qu'il me perde en route. Intrigué par une scène, un lieu, une personne, il lâchait ma main et accélérait le pas. Je me retrouvais seule et tentais de le rattraper, en suivant à la trace son cumulus de cheveux.

Jules le tira de sa rêverie en lui effleurant affectueusement le bras.

« Ça, c'est une belle surprise ! Qu'est-ce qui me vaut l'honneur, cher Monsieur ? » s'écria-t-il en serrant théâtralement la main de son petit-fils.

Je le regardai avec amour : mon papa, tout en lui était à la fois jeu et tendresse. Il m'adressa un sourire interrogateur, surpris de me voir débarquer à l'improviste, puis tendit son téléphone à Jules en lui disant : « Tu tombes bien : il est bloqué. Je ne comprends pas, je suis pourtant sûr que c'est le bon mot de passe. Tiens, essaie ! C'est mssemen1925. »

Mon père appliquait la même règle pour tous ses mots de passe : le nom d'une pâtisserie marocaine accolé à l'année de naissance de sa mère. Jules, fier de sa mission, fit quelques essais infructueux avant de poser son diagnostic implacable.

« Il ne marche pas, ton mot de passe. Tu dois faire vérifier ton portable par un spécialiste.

— Pour qu'il fouille dedans et qu'il sache tout de ma vie ? Pas question ! »

C'était la hantise de mon père, depuis toujours. Bien avant les portables, l'informatique et les problèmes de données personnelles, il semblait redouter que des pans entiers de son existence, jusque-là bien cachés, fussent découverts.

De sa jeunesse, je savais juste qu'il était parti seul du Maroc à treize ans pour suivre une formation en ferronnerie d'art à Strasbourg. C'était tout, rien de plus. Rien de ses trois années passées dans un internat loin de sa famille. Il n'exerça jamais ce métier, mais, dès qu'il avait un crayon en main, il griffonnait des volutes et des rosaces, uniques réminiscences de ses années d'apprentissage. Malgré son humour, ses sourires, son regard bienveillant, il devenait mutique dès qu'on le questionnait sur cette période.

« Je vais en racheter un tout neuf. Tu vas m'aider à choisir », dit-il en pinçant le ventre de mon fils pour lui prodiguer ce qu'il appelait une « injection d'énergie solaire ».

Mes frères et moi avions eu droit au même traitement et croyions mordicus à ses bienfaits. Nous venions même le lui réclamer le matin avant d'aller à l'école.

Alors qu'il faisait rire Jules aux éclats, mon regard s'accrocha à son oreille droite, dont le lobe était percé. Je n'y avais jamais prêté attention jusqu'au jour où mon grand frère se fit percer l'oreille en cachette, à dix-sept ans. Mon père s'en était aperçu au dîner et avait piqué une colère noire. Mal lui en prit : mon grand-père et mes deux oncles se chargèrent de lui rappeler qu'ils avaient tous l'oreille percée. C'est alors que je vis ce que je n'avais encore jamais remarqué tout en l'ayant eu sous les yeux : les quatre arboraient la marque de cette vieille coutume. Ce qui avait commencé comme un drame se termina en fou rire, car Papiel, convaincu que mon frère avait voulu perpétuer cette tradition, le prit dans ses bras et le remercia solennellement de sa loyauté.

Là, au Valois, devant nos cafés qui refroidissaient, je tentai une nouvelle fois d'en découvrir la signification.

« Est-ce qu'on saura un jour pourquoi tu as l'oreille percée ? »

Jules scruta mon père interdit puis s'excita.

« Je veux me faire percer l'oreille comme Papi ! S'il te plaît, Maman !

— C'est de l'histoire ancienne, une tradition berbère, Jules.

— Moi aussi je suis un Berbère ! protesta mon fils.

— Voilà, tu es contente ? »

Les deux me fixaient avec leurs yeux de la même teinte bleu pâle.

Un bref coup d'œil à ma montre : j'avais quinze minutes pour annoncer à mon père que je partais à Casablanca, et que la lourde charge de surveiller mes travaux de cuisine lui incombait.

Je commençai par la cuisine. Il sembla soulagé de changer de sujet. Bien sûr, il allait s'en occuper ; il était même heureux que je lui demande enfin de l'aide.

« Un divorce, c'est terrible. Surtout un deuxi… »

Il se ravisa avant de finir sa phrase. Je le fis à sa place, avec la formule que l'on me servait depuis l'annonce de ma séparation.

« Oui, surtout un deuxième. »

Il sourit, désolé.

« Je me charge de ta cuisine, ça te permettra de souffler un peu. »

Je saisis l'expression au vol. Justement, comme j'avais besoin de souffler un peu, je m'apprêtais à partir pour Casablanca me réconforter auprès de Mimi. Son visage passa de l'étonnement à l'embarras. Il ne prononça pas un mot et, durant une longue minute, j'eus l'impression que le vacarme de la brasserie s'était suspendu : la machine à café avait cessé son grondement, les cliquetis des cuillères s'étaient tus, la gouaille du serveur s'était évanouie. Il bredouilla une suite de phrases cotonneuse.

« Anna chérie, c'est compliqué, elle est fatiguée. Tu as des choses à faire, ton emménagement, tes enfants… Attends un peu et nous irons tous ensemble. »

Il alla même jusqu'à solliciter le soutien de mon fils.

« Jules, qu'en penses-tu ? Ce n'est pas trop le moment que Maman s'en aille, n'est-ce pas ? »

Jules, très pragmatique, me sauva la mise.

« Faudra quand même pas qu'on tarde, sinon Mimi va mourir ! »

Depuis ses cinq ans, mon père lui promettait de l'emmener voir son arrière-grand-mère et de lui faire visiter sa ville natale. Comme pour tous ses projets, mon père voulait d'abord « faire le tour de la question ». Et des questions, il s'en était posé, pendant de longues soirées avec Jules. Partiraient-ils en avion, en bateau, en voiture ? Et combien de temps ? Quelle saison serait la plus appropriée ? Qu'iraient-ils visiter en premier ? Que dirait Jules à son arrière-grand-mère ? Bien que cette complicité entre mon père et mon fils m'émût, les années passant, je compris avec amertume que ce voyage resterait un mythe.

J'ai grandi avec cela. Mon père est un rêveur velléitaire. Avec lui, imaginer un projet est un projet en soi, plus important que sa concrétisation elle-même. Enfants, nous avions tant travaillé notre imagination avec lui. Nous partions ensemble pour des voyages fous sur les ailes fantastiques d'un avion imaginaire, sans bouger de notre salle à manger.

« Mimi n'aime pas les surprises, ajouta-t-il comme dernier argument.

— Ce n'est pas une surprise, je l'ai prévenue. Elle est très contente que je vienne. Et j'ai pris un billet qui n'est ni modifiable ni remboursable.

— Ni responsable ! » lança-t-il, contrit.

Ses maigres épaules s'affaissèrent, et son menton se mit à trembler. Je ne me laissai pas émouvoir par son air malheureux et ne cédai pas à ce chantage affectif silencieux qu'il avait souvent exercé sur moi. Plus que la colère, il me montrait de la tristesse quand je ne me comportais pas comme il l'entendait.

Je continuai d'ancrer mon départ dans le concret en lui demandant ce que je pouvais offrir à sa mère.

« Elle n'aime pas les cadeaux », rétorqua-t-il sèchement.

Nous restâmes l'un en face de l'autre, silencieux. Même Jules se taisait. Le sachet de sucre que mon père malaxait nerveusement depuis le début de la conversation explosa et se répandit sur la table. Il balaya les cristaux du revers de la main, en répétant : « Quel maladroit, mais quel maladroit ! »

Qu'est-ce que cette attitude pouvait bien exprimer au fond ?

Mimi avait toujours été un sujet sensible pour lui, mais je ne me doutais pas que c'était à ce point. Je m'attendais à ce qu'il soit heureux de cette initiative de bonne petite-fille.

« Ce n'est pas le bon moment. Je ne suis pas d'accord pour que tu ailles voir ma mère. »

Je rectifiai.

« Je ne vais pas voir ta mère, je vais voir ma grand-mère. »

Probablement surpris par ma détermination, il capitula et se radoucit. Il se mit à fouiller ses poches, en sortit son portefeuille, d'où il extirpa deux billets verts pliés en quatre que je connaissais bien : des billets de cinquante dirhams, l'équivalent de dix euros.

« Je les garde toujours sur moi. Tu en auras besoin. »

C'était comme s'il me donnait sa bénédiction. Je me levai, apposai un baiser sur son front, troublée et très en retard pour le petit déjeuner des parents d'élèves de la classe de Jules.

5.

Je courus les cinq cents mètres qui nous séparaient de l'école en tirant Jules par la main, son lourd cartable Oui-Oui rebondissant douloureusement sur mon dos. Nous nous faufilâmes de justesse avant que la porte de l'école ne se referme. Je devais être rouge ketchup, la sueur plaquait sur ma peau mon chemisier de soie vert pâle, le rendant quasiment transparent. Mon fils n'était pas plus frais ; le T-shirt maculé de chocolat, il tentait de nettoyer d'un mouvement de langue circulaire autour de sa bouche les miettes collées par la morve qui coulait de son nez.

« Coucou, fiston ! tonna une voix derrière nous.

— Papa !!! »

Jules fit joyeusement volte-face pour se jeter dans les bras de son père.

C'était la première fois que celui-ci se rendait à une activité organisée par la maîtresse, très pro-active. Avantage de la séparation : il prenait désormais la peine de lire les messages de l'école.

Du temps de notre vie commune, je devais non seulement assurer seule les réunions, mais aussi lui rapporter ce qui avait été dit, en me faisant réprimander – car je n'avais pas pris de notes.

Pudiquement, il détourna les yeux de mes seins et les riva sur notre fils tout en me soufflant un bonjour furtif. Rasé de près, il portait un imperméable d'été couleur crème que je ne lui connaissais pas et, coquetterie inhabituelle, il avait pris soin d'en relever le col. Ma gorge se serra en respirant le parfum citronné familier de ses cheveux encore humides.

Jules s'empara de nos deux mains pour nous entraîner vers sa classe. Les enfants étaient assis par terre tandis que les adultes étaient contorsionnés sur de petites chaises. Nous nous retrouvâmes serrés l'un contre l'autre.

Que ressentait-il ? Étais-je redevenue un corps étranger pour lui ?

Jules se retournait régulièrement vers nous, tel un parent qui surveillerait le comportement de ses enfants. Nous le rassurions en souriant de concert.

Il ne m'adressait pas le moindre regard. Du coin de l'œil, j'observais son profil en me demandant s'il était vraiment concentré sur ce que disait la maîtresse, ou s'il se donnait une contenance.

Quand celle-ci annonça fièrement le grand concours de dessins de girafe, il sortit un petit carnet de sa poche et y inscrivit consciencieusement tous les détails de la compétition. Il était vraiment là pour la réunion.

« Vous aurez tout ce long week-end pour préparer vos chefs-d'œuvre. Remise mardi ! Et les trois gagnants seront exposés dans le couloir de l'école », lança la maîtresse d'une voix aiguë, habituée à couvrir les hurlements des élèves.

Une vague d'esprit de compétition parcourut l'assemblée. Les parents se toisaient, le sourire aux lèvres et l'œil carnassier, bien décidés à remporter le titre.

Il m'a enfin regardée.

« Ça, c'est ton truc, le dessin. On va gagner, c'est sûr. »

Des perles de sueur glissèrent le long de mon dos. Je ne lui avais pas encore annoncé mon départ le lendemain.

Nous nous retrouvâmes sur le trottoir devant l'école, au milieu des mécontents qui discutaient avec animation du « projet Girafe ».

« C'est de la discrimination ! Ceux qui ne savent pas dessiner vont être lésés !

— Et ceux dont les parents sont trop occupés, ils font comment ?

— Ne vous fatiguez pas, c'est encore Cléophée qui va gagner, son père est graphiste ! Elle a tout raflé cette année, le bonhomme de neige, le sphinx... »

Nous nous éloignâmes machinalement.

« Je pars pour Casablanca demain matin. Je serai de retour lundi. Il faudrait que tu prennes Jules... »

Et j'ajoutai comme si c'était un argument : « Ça s'est décidé, là, brusquement. »

Les traits de son visage se durcirent, son regard devint noir.

« Et *ça* ne pouvait pas consulter avant de prendre ce genre de décision ? C'est toi qui me répétais qu'il fallait que notre séparation se passe bien ! Qui te dit que je ne suis pas pris ce week-end ? Et le dessin, qui va le faire ? Tu as pensé à la déception de Jules, s'il ne gagne pas ? »

Pendant qu'il vociférait, je fixais la strie blanche sur son annulaire gauche, trace de l'alliance qu'il avait retirée. J'avais la même. Je me rassurai en me disant qu'elle disparaîtrait rapidement avec le soleil de Casablanca.

« J'ai fait le calcul : je serai de retour de l'aéroport vers 22 heures. Je ferai le dessin à Casa tranquillement. Toi, tu le déposes chez moi lundi soir, et je l'amène à l'école avec une super girafe le mardi matin.

— Donc Jules ne participera pas ? Belle mentalité. C'est n'importe quoi ! En plus, 22 heures, c'est très tard ! Il a école le lendemain matin. Mais qu'est-ce qui t'arrive ?

— Je vais voir Mimi.

— Ta grand-mère ? Tu t'es toujours plainte de ne pas être proche d'elle ! Et là, au milieu de rien, tu fuis sans demander l'avis de personne… »

C'est le principe de la fuite, lui ai-je rétorqué en pensée. Je n'allais quand même pas en discuter avec lui. S'il avait su ce qui était bon pour moi, nous n'en aurions pas été là.

Il continua en soliloquant.

« Tu nous auras perdus, avec ta nostalgie. Ta famille, ça a toujours été eux, jamais nous. »

La tête baissée, je le raccompagnai sans un mot devant son scooter. J'affichais un air désolé, mais je sentais monter en moi une jubilation coupable. Pour une fois, j'allais au bout de mon idée, quoi qu'il en pense.

Avec une rage sourde, il enfila ses gants, entrecroisa ses doigts énergiquement pour bien les enfoncer, chaussa son casque puis claqua sèchement la visière. Les joues écrasées à l'intérieur, il la releva pour me lancer : « Tu trouves que c'est le moment de prendre des vacances ? »

J'articulai avec peine.

« Ce ne sont pas des vacances… »

Mon assurance s'évanouit, et des larmes lourdes comme des billes roulèrent sur mon visage. Je ne pleurais pas, je débordais. Il soupira, excédé.

« Anna, tu sais que je déteste te voir pleurer. »

Oui, je savais. Il aurait voulu que je me maîtrise pour ne pas lui offrir ce spectacle.

« Bon, c'est d'accord, je m'occuperai de Jules. »

Je le remerciai en me tapotant les yeux avec le revers de ma manche pour me recomposer un visage décent.

« Je dois y aller, j'ai mon rendez-vous pour l'émission de télévision, lui dis-je en reniflant copieusement.

— C'est aujourd'hui ? Attends, je vais te déposer », soupira-t-il de nouveau, en me donnant une serviette en papier d'un restaurant où nous n'avions jamais été ensemble. Je me mouchai dedans rageusement.

Il me tendit un casque – mon casque, celui sur lequel Mila avait collé le petit cœur à paillettes. Il m'aida à attacher la lanière. Son visage était si près que je pouvais sentir son haleine matinale, mélange de café et de dentifrice. À califourchon derrière l'homme avec qui j'avais dormi pendant dix années de ma vie, je ne savais que faire de mes mains. J'avais tant aimé lui tenir la taille et poser ma joue contre son dos pendant nos balades. Je finis par m'agripper à la barre arrière du siège quand il démarra en trombe et se mit à rouler inhabituellement vite.

Le scooter se frayait un chemin en slalomant dangereusement entre les voitures, et je pensai à Mimi recluse dans son appartement de Casablanca. Elle ne sortait pas, voyageait encore moins, et ne verrait jamais Paris. Il est vrai que j'avais souvent déploré sa froideur et son mutisme, mais je ne doutais pas de notre lien profond. Alors que j'admirais la vue depuis le Pont-Neuf où, de part et d'autre, la Seine se déployait en deux larges rubans gris vert scintillants, je me souvins d'un épisode où nous eûmes une complicité certaine.

Je venais d'être admise en sixième dans une école prestigieuse. Mon père était particulièrement fier de l'annoncer à ce dîner de Roch Hachana où ses six frères et sœurs étaient exceptionnellement présents.

Juste avant de partir, Mimi me fit discrètement signe de la rejoindre dans la cuisine. Ravie de m'introduire dans le saint des saints, je la vis monter sur un tabouret en bois, descendre une soupière en porcelaine rangée très haut sur une étagère, puis y planter une fourchette pour en extraire une mandarine confite luisante de sucre. C'était pour moi.

Elle attendit que je morde dans le fruit avec délice et laisse couler les voluptueux filets sucrés dans ma gorge pour me demander, embarrassée…

« *Benti*, tu vas m'apprendre à lire. D'accord ? »

Je restai interdite. Pour l'enfant que j'étais, tous les adultes savaient forcément lire. Connaissant la susceptibilité de ma grand-mère, je ne montrai rien de mon étonnement et acquiesçai vigoureusement.

« Mais attention, *benti* : tu ne dis rien à personne ! » précisa-t-elle les yeux menaçants.

Dès le mercredi suivant, j'arrivai munie du livre de cours préparatoire de mon petit frère, *Daniel et Valérie à la ferme*. Assise près d'elle à la table de la salle à manger recouverte d'une toile cirée transparente pour protéger la nappe du shabbat, je lui faisais déchiffrer ses premières syllabes tout en grignotant des biscuits à l'orange.

Je prenais mon rôle très au sérieux, mais me rendis compte rapidement que le contenu du manuel ne correspondait en rien à son quotidien. J'eus par exemple toutes les peines du monde à lui faire comprendre le verbe « trotter », et fus obligée de le mimer.

Je changeai alors de méthode et préparai mes cours en choisissant des mots qui peuplaient son univers : les noms des membres de la famille, de légumes qu'elle cuisinait, de commerces du quartier. Nous eûmes un fou rire mémorable quand je la surpris à tricher en feignant de lire péniblement « Co-ca Co-la » sur une bouteille de Pepsi. Je me régalais d'avoir métamorphosé la dame austère qu'était Mimi en une joyeuse camarade.

Les semaines passaient, et elle parvenait à déchiffrer les enseignes des magasins qu'elle apercevait de son balcon. J'étais fière, euphorique. À tel point que j'en oubliai notre pacte. Lors d'un dîner de shabbat, je lançai à la cantonade : « Mimi fait de beaux progrès en lecture ! »

Silence dans les rangs. Alors qu'elle niait catégoriquement, moi, croyant à une plaisanterie, je brandis sous ses yeux la bouteille de vin et lui demandai de lire l'étiquette, pour démontrer mes dires à la famille. Elle rougit comme un coquelicot et se leva de table, agacée.

« Mimi, pourquoi tu me fais ça ? » pleurnichai-je, déconfite.

Le regard de mon père, mi-furieux mi-surpris, me fit taire.

« Allez, mange, *benti*. Ça va refroidir », me dit-elle avant de se rendre en cuisine.

J'avais beaucoup pleuré ce soir-là, mais c'est à moi que j'en voulais. J'avais trahi notre secret. Pire, à cause de moi, ma grand-mère avait eu honte, honte de reconnaître qu'une enfant lui apprenait à lire.

Le mercredi suivant, je fis claquer le heurtoir de sa porte à m'en luxer le poignet. Pas de réponse.

Je m'assis par terre sur son palier et attendis tout l'après-midi qu'elle revienne. Rien.

Aujourd'hui, à bord de ce scooter qui roulait à vive allure en plein soleil dans Paris, il me parut évident qu'elle était bien chez elle ce jour-là et qu'elle refusait de m'ouvrir.

Nous arrivions à vive allure sur le boulevard quand un long cheveu accroché à mon casque vint danser devant mes yeux. Sa blondeur me confirma que ce n'était ni le mien ni celui de mon ex-mari. J'accusai le coup, le souffle coupé. Surtout, ne lui poser aucune question ; le connaissant, il risquait de me dire la vérité. Des larmes tentèrent de se frayer un chemin, mais je pensai à mon rendez-vous et respirai un grand coup pour endiguer ce nouveau torrent.

« Ça va mieux ? me cria-t-il pour couvrir le bruit du moteur.

— Impec ! » hurlai-je en montrant mes deux pouces levés dans le rétroviseur.

6.

La jeune femme de l'accueil me remit en échange de ma pièce d'identité un badge pour passer les portiques de sécurité. Voir mon nom ainsi accolé au logo de la chaîne de télévision que je regardais enfant balaya ma mélancolie.

Au Maroc, nous n'avions accès à la télé française qu'en « différé » : mon oncle enregistrait nos émissions préférées sur cassettes VHS et nous les envoyait de Paris. Nous nous passions des dizaines de fois chaque épisode, le temps d'en recevoir de nouvelles. C'était notre *replay* à nous, avec vingt ans d'avance.

Derrière le sas de sécurité, un jeune homme d'une vingtaine d'années, cheveux blonds soyeux parfaitement bouclés jusqu'aux épaules, m'accueillit avec un sourire digne d'une campagne pour l'hygiène bucco-dentaire. Je suivis son pas rapide dans le long couloir où s'alignaient, de part et d'autre, les loges des artistes participant à l'émission. À mesure que je lisais à la volée les noms des invités prestigieux inscrits sur les portes, et que j'entrevoyais certaines célébrités par l'entrebâillement, le sentiment d'être là par erreur s'insinuait en moi.

« Choubichou ! » lança une jeune femme surgissant d'une pièce. Malgré sa chevelure mouillée et son teint blême sans apprêt, je reconnus une chanteuse dont ma fille était une inconditionnelle fan. Je cherchai son regard pour tenter de la saluer (et pouvoir m'en vanter le moment venu), quand Choubichou l'invectiva sèchement.

« Ma chérie, qu'est-ce que tu fais encore pas coiffée pas maquillée ? Allez, file, l'émission va commencer ! »

L'idole de Mila, pour laquelle j'avais acheté des places de concert à des prix faramineux, et dont j'avais subi les écoutes en boucle et à tue-tête, s'exécuta sans demander son reste. Choubichou leva les yeux au ciel et entama sa déambulation dans une fourmilière étrange d'individus aux visages souriants et inquiets à la fois. D'une voix chaleureuse et mécanique, il avait un mot pour chacun, célèbre ou non. J'avais le sentiment que tous se trouvaient là pour servir une cause aussi cruciale que superficielle.

À travers les vitres d'une salle blafarde, trois danseuses coiffées de chapeaux en forme de gâteaux remuaient en rythme leur short rouge à paillettes pendant qu'une femme, qui devait avoir soixante-dix ans et mesurer un mètre quatre-vingt-dix, hurlait les mesures en anglais. Dans un recoin, un quadragénaire, bedonnant et en caleçon, enfilait tristement un costume de pingouin géant. Un peu plus loin, devant un miroir serti d'une multitude d'ampoules, un grand escogriffe, le visage tartiné de blanc, cheveux rouges hirsutes et costume argenté, colorait consciencieusement une de ses dents à l'aide d'un feutre noir.

Cette scène me semblait étrangement familière.

Au détour d'un couloir, je me souvins que j'avais vu mon père se maquiller avec le même sérieux au Maroc, où il donnait des spectacles de mime au sein d'une troupe d'amateurs. Mais ce geste me ramenait également à mon grand-père, Papiel. Son don pour la comédie faisait partie des rares histoires que l'on racontait volontiers. Papiel, père de famille respecté de Casablanca, fidèle de la synagogue, commerçant prospère, se déguisait et se grimait pour jouer des sketchs, où il était tour à tour clown, monstre, ou encore faux médecin, lors de fêtes de mariage. Pour cet homme pieux, faire rire était une mitsva, un commandement de la Torah, auquel il se soumettait avec application et sérieux.

« On arrive sur le plateau, éteignez votre téléphone », m'intima Choubichou.

Un imposant gaillard en costume noir, planté bras croisés devant la porte où était écrit en rouge « ON AIR », le salua.

« Ça va, Choubich ?

— Ça dépend, elle est comment aujourd'hui ? » lui répondit le jeune homme dont le sobriquet avait perdu une syllabe.

Dans un phrasé quasi militaire, le colosse déclara :

« Humeur au beau fixe, rien à signaler.

— Ouf ! s'exclama Choubich en se retournant vers moi. Vous avez de la chance, sur le tournage d'hier, elle était d'une humeur massacrante. On a morflé. »

Il jeta un regard furtif par le hublot de la porte coupe-feu et actionna la grande poignée horizontale.

À peine avais-je franchi le seuil qu'une clameur compacte m'enveloppa. Je me retrouvai propulsée devant un public en folie, harangué par un chauffeur de salle hurlant dans son micro :

« Est-ce qu'on est chaaaauuuuuud ce soir ???

— Ouaiiiiiiiiiiiiiiiiiis, répondait la foule hystérique de plus en plus fort à mesure que l'homme criait.

— Je n'entends rien !!! »

Cette ferveur m'électrisa. L'expression « comme un lapin pris dans les phares » me vint aussitôt à l'esprit : elle décrivait parfaitement ma situation. J'avais l'impression d'être entrée dans un monde parallèle où des quidams, en tenue de soirée à 10 heures du matin, applaudissaient à tout rompre et éclataient de rire sur commande. Aveuglée par les lumières multicolores qui tournoyaient au-dessus de ma tête, je sentais palpiter dans mon ventre les sons de basse qui émanaient des enceintes. Devant moi : le fameux plateau violet. Depuis dix ans, il matérialisait un rendez-vous quotidien incontournable de la télévision.

Centre de gravité de ce chapiteau étincelant, Michelle B. trônait. Les talons de ses escarpins bien calés sur la barre d'appui de son tabouret en métal, l'animatrice star se faisait maquiller tout en donnant des directives à une grappe d'assistants à l'affût. Mon ventre gargouillait de stress. Cette femme représentait tout ce que je ne savais pas être : sûre de moi, de mes avis, de mes choix.

Quelques jours plus tôt, au milieu de mes cartons, j'avais répondu mollement et la bouche pleine de croissant à son appel inattendu. Sidérée d'entendre sa voix nasillarde et enjouée, reconnaissable entre mille, je n'avais pas eu le temps d'être timide et lui avais parlé avec une décontraction inhabituelle. Ce n'est qu'après avoir raccroché que j'avais pris conscience de ce qui venait de m'arriver. Ce monument de télévision m'avait appelée en personne pour me proposer de travailler pour elle. Sans demander la moindre précision, j'avais accepté avec enthousiasme, puis, rattrapée par un trac rétroactif, j'avais mis vingt bonnes minutes à me lever et à aller prendre une douche pour sortir de ma sidération.

À cette époque, j'écrivais des billets de société pour *Toutes*, un magazine féminin en ligne qui comptabilisait fièrement deux millions de visiteurs mensuels. Mon rédacteur en chef m'avait suggéré de plancher sur « un guide pratique du divorce à l'amiable » de quelques milliers de signes. Mon couple commençant à se déliter, je fus très inspirée. Et l'article censé prodiguer des conseils pour se quitter en bonne intelligence avait pris, je ne sais comment, la tournure d'un texte satirique sur les bienfaits du divorce. Je l'avais écrit rageusement en une nuit, bien calée au milieu du lit conjugal, pendant que mon mari fâché dormait sur le canapé du salon.

Cette liberté de ton m'avait valu les remontrances exaspérées de mon rédac-chef.

« Vous avez gravement enfreint la ligne éditoriale du magazine ! » s'était-il offusqué.

Mais, trop débordé pour rectifier le tir, il publia la chronique telle quelle, en m'interdisant cependant toute autre liberté rédactionnelle à l'avenir, sous peine de sanction.

Étonnamment, mon apologie de la garde alternée, de la famille recomposée, des sorties en célibataire, connut un « taux de clics » si élevé que je bénéficiai d'un rétropédalage en règle du même rédac-chef désormais charmé.

Sans le vouloir, je m'étais fabriqué une planche de salut. Mes billets hebdomadaires connaissaient un franc succès depuis quelques mois, et je traversais mon divorce avec le recul d'une chroniqueuse à l'affût du moindre élément à exploiter pour une saillie comique. C'est ainsi que Michelle m'avait remarquée, et que je me trouvai pour la première fois de ma vie sur un plateau de télévision.

Soudain, la musique s'interrompit et l'auditoire s'immobilisa. La voix de l'animatrice retentit dans les enceintes : « Choub, tu es là ? » Pour toute réponse, « Choub » se précipita sur le plateau pour aller lui parler à l'oreille. J'essayais de me faire discrète en me rapprochant de la porte, quand Michelle écarta la maquilleuse et m'interpella.

« Ah, vous voilà !... Les amis, on va brièvement interrompre la répétition, j'ai un rendez-vous important. »

Toutes les têtes se tournèrent vers moi dans un mouvement d'ensemble aussi coordonné que lors d'un match de tennis. De loin j'acquiesçai, avec un flegme totalement factice alors qu'à l'intérieur de mon cerveau, une fanfare s'était mise en route.

Plus tard, je me retrouvai assise sur le canapé en cuir violet de la loge de Michelle. Je l'attendais en louchant sur un plateau posé sur la table basse, où cerises, framboises, myrtilles, fraises et groseilles étaient disposées en cercles concentriques. Pour canaliser mon esprit, je me mis à compter le nombre de barquettes qu'il avait fallu pour composer ce luxueux arrangement et en calculai le prix. J'arrivai à une somme astronomique quand, à travers la porte des toilettes, Michelle me cria : « J'adore vos chroniques ! »

Elle sortit en reboutonnant son pantalon en skaï et, à ma stupéfaction, cita de tête des extraits d'un de mes articles.

« "Nos enfants aussi ont le droit d'avoir des demi-frères comme tout le monde !" J'adore ! Ah oui, et : "Nos enfants ne vont quand même pas vivre toute leur vie avec les mêmes parents !" »

Je ne sus que répondre. Loin de me galvaniser, son enthousiasme et ses compliments me paralysaient.

La porte s'ouvrit, laissant apparaître un homme hirsute, chemise blanche froissée, pantalon informe, cernes de panda.

« Je te présente Sylvain, mon bras droit. »

Sylvain griffonnait avec un stylet sur une tablette qu'il portait en bandoulière, tout en hurlant au téléphone qu'il avait besoin « de toute urgence de deux cent cinquante vuvuzelas pour l'émission ». Il m'adressa un sourire harassé et ne sembla aucunement gêné quand Michelle se retrouva en soutien-gorge – violet, décidément sa couleur – afin de changer de chemisier.

Tous deux piquaient au cure-dents dans les fruits rouges en attendant que, tête baissée dans mon sac, je déballe fébrilement mon ordinateur, cherche le chargeur tout au fond, renverse ma trousse de maquillage, me mette à quatre pattes sous la table pour brancher ledit ordinateur à une prise, examine l'étui vide de mes lunettes, renonce à les chercher, et m'asseye enfin, pour me relever et retirer mon gilet.

« Tout va bien ? me demanda Michelle, sourire bienveillant face à mes yeux gonflés et mes reniflements intempestifs.

— Oui, oui, impec.

— Parfait. On va pouvoir avancer, alors. »

Je me rassis. Un craquement dans la poche arrière de mon jean, suivi d'une palpation discrète de ma fesse droite, me permit d'en déduire que je n'avais plus de lunettes. J'inspirai profondément et affichai le sourire le plus conquérant possible. J'avais besoin de ce job. La séparation m'avait laminée financièrement, et le voyage à Casablanca allait creuser encore le découvert déjà entamé par la cuisine sur mesure.

Sylvain me remit trois pages agrafées qui décrivaient le concept du projet. Sur la couverture : « Les surprises de Michelle » – le nom de la nouvelle émission, sous une photo de l'animatrice hilare, dix ans et dix kilos de moins, une caméra violette à la main.

« Très gros projet ! Une émission de caméra cachée. Vas-y, Sylvain. »

Elle pianota sur son portable pendant que, la bouche pleine de framboises, Sylvain énumérait d'une voix lasse les *deadlines*, rétroplanning, *update* et autre *feedback* par *conf call*. Je faisais mes calculs. Si j'en croyais les promesses de Michelle au téléphone, mes émoluments allaient me permettre de me renflouer, voire d'acquérir quelques essentiels qui manquaient à mon nouvel appartement : une chaise de bureau à roulettes pour Mila, un lit mezzanine pour Jules, ou encore la commode Kullen à huit tiroirs d'Ikea pour mes sous-vêtements et chaussettes.

« Mercredi ? »

Je sursautai.

« Oui, bien sûr », répondis-je à Michelle, sans avoir la moindre idée de ce à quoi j'acquiesçais.

Je n'avais rien écouté de l'échange et pestai contre cette propension à laisser mon esprit prendre la tangente. Une fois encore, je m'étais extraite mentalement du présent afin de calmer mon anxiété, pour mieux y revenir par la suite, sans témoin, et traiter les informations à froid. Quand elle me voyait divaguer ainsi, Mimi avait pour habitude de claquer dans ses mains pour me sortir de mes rêveries. « Où tu es partie encore, *benti* ? Reste avec nous », me répétait-elle.

« Pas de questions ? » demanda Michelle déjà debout, prête à y retourner.

J'en avais tellement... Comment parvient-on à écrire douze caméras cachées pour une chaîne de grande écoute alors qu'on ne l'a jamais fait ? Et si mon travail était totalement nul, serais-je quand même payée ? Était-ce bien le moment de partir au Maroc pour voir ma grand-mère ?

J'essayai de dissimuler mon appréhension en dodelinant, les sourcils froncés pour donner l'impression de réfléchir, et répondis, l'air détaché :

« Tout est clair.

— Je vous ai préparé une clé USB avec des sketchs déjà tournés, ça vous donnera une idée, ajouta Sylvain.

— Voilà une réunion comme je les aime : rapide, limpide, efficace. Je te vois mercredi pour la lecture des synopsis », conclut Michelle.

Je venais de comprendre que mercredi était ma *deadline* et elle m'avait gratifiée d'un tutoiement qui acheva de m'angoisser. Je faisais désormais partie de son cercle, je ne pouvais pas la décevoir.

Je parcourus en sens inverse les couloirs vides : le démarrage de l'émission avait aspiré tous les participants. Dans le hall d'accueil, un mur composé d'une dizaine d'écrans projetait, sans le son, Michelle dansant sous une pluie de confettis au côté du pingouin et de l'idole de ma fille, désormais ultramaquillée et en combinaison argent. Je me retrouvai dehors devant une foule de fans qui attendaient la fin du tournage pour entrevoir leur star. Ils me toisèrent avec intérêt afin d'évaluer mon degré de célébrité puis, déçus, m'abandonnèrent du regard pour fixer de nouveau la porte fermée chargée de promesses.

Je fus soulagée : je n'ai jamais aimé que l'on me regarde. Dans ma famille, je faisais partie avec Mimi des plus discrets, et elle m'encourageait dans ce sens. Pour elle, une femme devait « se tenir » et rester en retrait.

Qu'est-ce qu'une femme telle que Michelle serait devenue, si elle avait été éduquée de la sorte ?

7.

« Née à Casablanca… ?

— Oui.

— Carte d'identité marocaine ?

— Je ne l'ai plus, Monsieur. Je suis partie depuis longtemps… Je l'ai perdue. »

L'homme releva la tête, il me fixa à travers la vitre du guichet et prit un air faussement sévère.

« Quand on est marocain, c'est pour la vie. Il faut la carte d'identité.

— Oui, oui, je vais la refaire. »

Chaque fois que je venais à Casablanca, je me promettais de renouveler mes papiers marocains. Et puis j'oubliais.

« Motif de la visite ?

— Je viens voir ma grand-mère, *mreda*[1]. »

J'avais menti machinalement pour l'attendrir et écourter l'interrogatoire. C'est moi qui n'allais pas bien et qui avais besoin qu'on s'occupe de moi.

---

1. « Malade. »

L'homme me regarda avec bienveillance ; la raison de ma visite semblait le satisfaire. Je lui souris faiblement pendant qu'il me détaillait pour comparer mon visage à la photo de mon passeport.

« Vous ne vous ressemblez pas du tout ! plaisanta-t-il.

— C'est vrai que j'ai changé mais, ici, je vais me retrouver », lui répondis-je sur le même ton.

Le sourire aux lèvres, il me souhaita en arabe la bienvenue dans mon pays, à grands coups de tampons sur mon passeport français.

En marchant dans le couloir de l'aéroport Mohammed V, je fis le calcul : je n'avais pas mis les pieds à Casa depuis sept ans. Je venais de rencontrer le père de Jules, nous avions passé une nuit chez ma grand-mère, avant de profiter de nos premières vacances ensemble dans le Sud. Je n'avais jusqu'alors jamais vu les choses ainsi, mais cette escale avait certainement été pour moi une façon de faire valider à Mimi le choix de mon compagnon.

Elle l'avait trouvé *mleh*[1] et, compliment ultime, « presque aussi beau que Julio Iglesias ». Mais, alors que nous étions toutes les deux en conciliabule dans la cuisine, elle avait ajouté : « Attention, si tu n'es pas heureuse, tu t'en vas ! »

1. « Gentil. »

Je crus à une boutade ; j'allais finalement comprendre ce que cachait cette phrase, et en savoir plus sur Mimi.

Devant le tapis de livraison des bagages, je fis signe à mon voisin de siège de l'avion. Il m'ignora, trop occupé à guetter, bras croisés et sourcils froncés, le large orifice dégobillant nos valises derrière ses longues langues de caoutchouc noires. Nous avions engagé la conversation quand, en ouvrant mon ordinateur portable, une vidéo de Michelle et du pingouin dansant muni d'un tambourin se mit en route, le volume à fond. Il avait tranquillement retiré son masque de sommeil et, amusé, m'avait observée appuyer fébrilement sur toutes les touches de mon clavier pour arrêter ce tapage.

« Désolée… lui soufflai-je une fois l'animal maîtrisé.

— Je regarde aussi cette émission. Très drôle. Ça me détend après le travail.

— Et moi, c'est mon travail.

— Vous êtes dans le pingouin ? »

J'éclatai de rire.

« Je vais écrire des sketchs pour elle », lui dis-je en désignant Michelle sur l'image figée.

Certains métiers font un effet immédiat, et c'était le cas de cette nouvelle mission que l'on m'avait assignée. À peine avais-je évoqué mon job que mon interlocuteur se mit à lancer des

« génial », « intéressant », « vous devez être débordée ».

Il s'appelait Éric et était directeur de banque.

« C'est beaucoup moins drôle, me dit-il dans un soupir.

— Pourquoi vous excusez-vous ? »

Il sourit, émoustillé par ma question.

« Le complexe du premier de la classe, certainement. Le cancre qui fait rire tout le monde est toujours le plus aimé.

— J'étais très bonne élève à l'école, vous savez. »

Il éclata de rire, à son tour. Je lui plaisais.

« Comment va la vie pour vous ? me demanda-t-il simplement.

— Je viens de divorcer pour la deuxième fois.

— Ah, voulez-vous qu'on en parle ? »

Dans la promiscuité extrême de ce vol *low cost*, je le voyais en très gros plan et distinguais le moindre pore de sa peau, ses deux profondes rides verticales au milieu du front, quelques poils de barbe épars oubliés par le rasoir, et ses yeux gris pétillant à travers ses petites lunettes rondes. Soudain, je pris conscience que je devais lui renvoyer une image peu flatteuse – ma peau luisante pas maquillée, les cernes de ma courte nuit, mes cheveux attachés à la va-vite… Mon assurance s'était évaporée aussi vite qu'elle était apparue, et je coupai court à la conversation en prétextant la remise, urgente, d'un texte. J'avais passé le reste du vol les yeux rivés sur mon ordinateur à écrire, à effacer, à réécrire les trois premières lignes d'un éventuel premier sketch.

Je n'avais pas appris à aimer mon corps, à l'assumer ; encore moins à en être fière. Je savais néanmoins que ce que je dégageais dépassait mon apparence. Parfois, pendant un bref moment de grâce, comme aujourd'hui, j'oubliais ce qui me complexait – mes cheveux indomptables, mon nez busqué, mes hanches enrobées – et j'arrivais à être spirituelle, enjouée, sûre de moi. Mon esprit accélérait, je me connectais à l'autre en décochant des répliques spontanées qui déconcertaient et faisaient mouche. C'est ainsi que je séduisais. C'était ma seule option, ma seule réponse. Je ne savais pas faire autrement.

Les bagages continuaient de défiler mollement. Éric se jeta sur l'un d'entre eux, énorme, enrobé de film plastique. Ce détail pratique fit immédiatement retomber mon intérêt pour lui. Un homme aussi méticuleux ne pourrait jamais supporter quelqu'un d'aussi malhabile que moi.

D'ailleurs, je me rendis compte que j'étais partie si vite de Paris que je ne me souvenais plus du tout de la valise que j'avais emportée. Je ne la reconnus qu'à son troisième passage, quand je l'aperçus tourner tristement toute seule sur le tapis.

« Appelez-moi, si vous voulez visiter Casablanca », fit une voix derrière mon dos.

Éric me tendit une carte de visite.

« Je suis née ici, lui répondis-je crânement.

— Alors c'est vous qui me ferez visiter… », dit-il en traînant vers la sortie son rôti à roulettes.

8.

Il était 8 heures du matin, deux heures de moins qu'à Paris. J'avais franchi la porte automatique au milieu des effusions bruyantes de retrouvailles familiales, d'hommes en costumes noirs brandissant des pancartes avec des noms que je déchiffrais machinalement. Pour la première fois, personne n'était là pour m'accueillir à l'aéroport dans ma ville natale.

Dehors, l'air humide et brumeux de Casa, si familier, m'enveloppa et me colla à la peau, comme un vieux camarade. Je me dirigeai vers l'essaim des chauffeurs de taxi postés devant la sortie. L'un d'eux se précipita et me prit gentiment ma valise des mains. Ce geste me soulagea ; je sentais qu'ici on allait s'occuper de moi.

Je marchai derrière l'homme petit et replet qui peinait à porter sa charge à bout de bras.

« Y a des roulettes, lui fis-je remarquer.

— Non, jamais de la vie ! »

Comme si cet effort était la preuve ultime de son dévouement.

Sur le parking ensoleillé, une file de taxis rouge vif patientaient. Au Maroc, chaque ville arbore une couleur pour ses taxis. Rouge pour Casablanca, beige pour Marrakech, bleu pour Rabat… J'avais toujours été amusée par cette tradition qui leur conférait un côté « jouet ».

Tandis que mon chauffeur s'échinait à refermer son coffre délabré, je m'installai à l'arrière, en évitant soigneusement un ressort rouillé qui avait transpercé le siège en skaï noir. Vitres ouvertes et musique orientale à fond, la petite voiture cabossée se lança en direction du centre-ville.

Je ne reconnaissais rien. Des vastes terrains vagues qui bordaient cette route empruntée des centaines de fois, il ne restait pas grand-chose ; tout était construit ou en construction. Dans le rétroviseur, le taximan m'observait.

« Tout ça, c'est nouveau », me dit-il en désignant fièrement une série de maisonnettes en briques, identiques, qui défiguraient le paysage. Seul le linge étendu aux balcons jetait quelques points de couleur et de vie dans cet alignement fade.

Le compteur affichait péniblement quarante-cinq kilomètres-heure. L'homme s'empara d'un sachet sur le siège avant, en sortit deux Raïbi, un yaourt liquide au goût grenadine dont je me délectais à la sortie de l'école. Il les sépara d'un claquement sec, en posa un entre ses jambes et me tendit gentiment l'autre. Ici, il ne viendrait à l'idée de personne de manger ou de boire quoi que ce soit sans le partager. Je ne pouvais lui dire que, depuis que j'avais lu un livre expliquant les méfaits des glucides sur la mémoire, je ne mangeais plus de sucre. Je le remerciai chaleureusement, plantai la paille dans le couvercle et aspirai une gorgée. Le sucre me monta légèrement à la tête ; une ivresse enfantine que je retrouvai et qui m'amena à penser à Jules et à Mila. Étrangement, je ne me sentais ni triste ni coupable d'être partie. Ces quelques jours allaient soustraire ma tristesse à leur regard et j'étais soulagée de n'être sollicitée ni mentalement ni physiquement par eux.

Bercés par le ronronnement régulier de ce vieux modèle tremblotant de Peugeot 205, nous arrivâmes à l'orée de la ville. Il était à peine 8 h 30. Je ne voulais pas gêner Mimi en arrivant trop tôt, aussi demandai-je à mon chauffeur de faire un détour par le bord de mer.

Avec mon père, nous appelions cette petite échappée un « tour de côte ». Parfois, alors que nous roulions dans les rues animées de Casablanca, sans un mot, il bifurquait brusquement vers les plages en m'adressant un sourire entendu. Il adoptait alors sa posture « promenade », la main droite effleurant à peine le volant alors que de la main gauche, par la fenêtre ouverte, il caressait le toit de sa vieille Simca bleu pâle. Je m'empressais de baisser aussi ma vitre, sortais légèrement la tête et attendais, yeux fermés, narines frémissantes, que les embruns me parviennent. Nous roulions au pas, au milieu des véhicules qui lambinaient, sans nous adresser la parole, dans une communion de rêverie parfaite. Notre seule conversation consistait en un commentaire bref mais précis sur « la mer du jour ». Nous déterminions si elle était calme, agitée, d'huile, écumeuse, déchaînée, houleuse, bleu azur, vert foncé, gris mousseux… pendant qu'en contrebas, elle effectuait, impassible, ses sempiternelles allées et venues que je pouvais contempler indéfiniment.

Selon les heures, selon le jour, cette corniche voyait passer des faunes différentes. Les matins, défilaient ceux qui allaient à la plage, la mine réjouie, claquettes sonores, parasol multicolore, glacières fraîches lourdes de victuailles. Nous les retrouvions en fin de journée les yeux rougis, le visage cramoisi, les cheveux collés par le sel, les jambes maculées de sable, étourdis de mer et de soleil. Le samedi soir, l'ambiance était tout autre. Une foule compacte de tous âges déambulait à pied, parée de ses plus beaux atours, car c'était l'occasion pour les jeunes célibataires de se rencontrer, suivis et chaperonnés par leur famille.

Le taxi ralentit devant les hôtels et les restaurants qui bordaient l'entrée de la corniche. J'aspirai un shoot d'iode où se mêlaient des odeurs de frites et de keftas émanant du Wichita, une des institutions de la grillade à Casa.

Trois sportives matinales en survêtement de marque marchaient énergiquement. À voir leur accoutrement, je pus en déduire qu'elles appartenaient à la grande bourgeoisie casablancaise, tout droit issue des magnifiques villas qui surplombaient la côte. Elles portaient d'immenses lunettes de soleil, arboraient la même bouche démesurément pulpeuse et des fesses abusivement rebondies. Instagram était passé par là. Je fus déçue. Naïvement, je m'imaginais que la ville de mon enfance aurait été épargnée par cette vague de vide.

Je sortis de ma poche les dirhams que m'avait donnés mon père puis jetai un coup d'œil au compteur ; le prix me sembla ridiculement bas. J'avais de quoi faire encore un grand tour.

Quelques badauds, dont on ne savait s'ils se réveillaient ou allaient dormir, battaient le pavé mollement, d'autres se tenaient simplement debout devant la rambarde et fixaient l'horizon. Je retrouvais ce rythme que je n'avais connu qu'ici, où la contemplation est une activité en soi.

9.

La petite voiture rouge pétaradante s'arrêta en double file sur le boulevard de Bordeaux, un des plus animés de Casablanca. En dehors de l'habitacle, le son des klaxons se révélait difficilement supportable. Le soleil piquait déjà à cette heure-là et des tourbillons d'air gris soulevés par les voitures me firent éternuer plusieurs fois de suite.

Le vieux Cheradi, concierge de l'immeuble, était posté devant l'entrée. Visiblement, il guettait mon arrivée car, à peine m'eut-il aperçue, qu'il accourut vers moi à grandes enjambées. Cet homme m'avait connue bébé mais, trop pudique pour m'embrasser, il me serra longuement la main, l'autre posée sur son cœur, les yeux humides.

« L'ascenseur ne marche pas », me glissa-t-il, navré.

Je ne me souvenais pas que cet ascenseur ait jamais marché ; depuis toujours, les visiteurs arrivaient essoufflés chez Mimi.

Le chauffeur remit ma valise à Cheradi, qui l'empoigna et s'élança sur ses longues jambes maigres pour ouvrir la lourde porte en fer forgé noir. Je fus assaillie par l'odeur opaque, agressive et pourtant familière du hall, ce mélange âcre d'humidité, de viande mijotée et de pot d'échappement, additionné d'air marin. J'étais chez moi.

À mesure que je parcourais les hautes marches de l'escalier, gravies des milliers de fois, je sentais un poids s'abattre sur mes épaules et mon pas s'alourdir. Avais-je bien fait de venir ?

Cheradi déposa discrètement la valise à mes pieds et disparut aussitôt, me laissant seule face à la porte en bois et son heurtoir rond surmonté d'une tête de lion que j'actionnais sur la pointe des pieds quand j'étais enfant. Mon ventre se noua, et c'est la main tremblante que je soulevai le lourd anneau doré pour frapper à la porte. Je collai un sourire sur mon visage et respirai profondément afin de ralentir mon cœur qui s'était emballé – comme un présage du bouleversement que ces retrouvailles provoqueraient dans ma vie. Je reconnus le son caractéristique des mules de Mimi qui glissaient sur le sol. Le frottement se rapprocha puis cessa pour faire place à un tintamarre métallique de clés et de déverrouillages successifs, qui sillonnèrent la porte de haut en bas. Le battant s'ouvrit mais buta violemment, bloqué par l'entrebâilleur. J'entrevis Mimi dans l'interstice, le visage fermé et le regard méfiant.

« C'est moi, Mimi », lui murmurai-je.

Elle ferma puis ouvrit de nouveau, pour apparaître enfin. Elle se tenait toute droite sur le pas de la porte, éclairée par un rayon matinal jaillissant de la fenêtre de l'entrée. Dans le contre-jour, son corps m'apparut plus anguleux que dans mes souvenirs, flottant dans sa longue jupe noire. Elle me scruta en fronçant ses fins sourcils bruns.

« Je n'ai pas dormi de la nuit, je t'ai attendue », me dit-elle en guise de bienvenue.

Je souris. Ce n'était pas un reproche. Dans le langage Mimi, l'anxiété était un témoignage d'amour. Quand on aime quelqu'un, on s'inquiète pour lui.

Tout en serrant de ses doigts noueux son imposant trousseau, elle s'effaça pour me laisser entrer et verrouilla consciencieusement derrière moi les serrures une à une. Une fraîche odeur de savon de Marseille flottait, comme si l'appartement venait d'être lessivé du sol au plafond. Elle m'adressa enfin un sourire et me tendit les bras. Je m'y jetai avidement et plongeai mon visage dans le creux de son épaule. Tout était là : les effluves de son eau de Cologne à la rose, sa peau fraîche contre ma joue, son impeccable chemisier de soie gris que je tachai de larmes furtives.

Par-dessus son épaule, je vérifiai la présence de l'immuable horloge en bois accrochée dans l'entrée. La trotteuse poursuivait tête baissée sa course cliquetante démarrée bien avant ma naissance.

D'un geste brusque, Mimi recula et mit fin à notre étreinte.

« Allez, viens, *benti* ! »

Elle empoigna ma valise et la fit glisser sur le carrelage en ciment gris et blanc, jusqu'à la grande chambre qu'elle partageait autrefois avec Papiel. D'un regard, elle me signifia que c'était ici que je dormirais.

« Mais c'est ta chambre ! protestai-je.

— Non, la mienne, c'est la petite du fond maintenant. Allez, installe-toi. »

C'était irrévocable. Elle sortit et me laissa seule dans cette pièce où rien n'avait bougé.

Au-dessus du lit, la photo « officielle » de mes grands-parents. Sur un fond kitsch, semblable à ceux des studios de photographie de l'époque, mon grand-père se tenait légèrement de profil, yeux rieurs, fine moustache, costume trois pièces. Sa calvitie et son dos voûté marquaient leur différence d'âge. Mimi, le même regard rêveur que sur tous les clichés, portait un châle de dentelle noire posé sur sa lourde chevelure sombre. La photo devait dater d'une de ses grossesses, car je peinais à reconnaître ce visage joufflu et laiteux, ce buste opulent, ces bras adipeux.

À droite du lit conjugal, un lit une place, celui que les juives pieuses utilisent pendant leurs règles et les sept jours qui suivent. Cette période prend fin avec l'immersion de l'épouse dans le mikvé, le bain rituel censé la purifier avant qu'elle ne retourne auprès de son mari. Je tentai de m'imaginer respecter cette tradition avec le père de mon fils. Ne pas se toucher, ne pas faire l'amour, dormir dans des lits séparés la moitié du mois nous aurait peut-être protégés de cette promiscuité familière qui peut tuer le désir.

Avec mon second mari, nous avions décidé de ne pas vivre dans la religion, ni la sienne ni la mienne. J'avais goûté la liberté d'une vie sans rendez-vous religieux, sans restrictions rituelles et, à présent, ce temple familial figé dans le temps me jetait à la figure ces notions d'irrationnel que j'avais rejetées avec désinvolture.

Une imposante armoire en bois verni piqué par endroits, coiffée d'une corniche sculptée de grappes de raisin et reposant sur des pieds fins élégamment galbés, occupait la quasi-totalité du mur en face des lits.

J'essayai d'ouvrir les portes l'une après l'autre, en commençant par celle du milieu recouverte d'un miroir biseauté ; toutes me résistèrent.

Déçue, je m'étendis, les bras en croix, sur le couvre-lit vert foncé devenu rugueux au fil des années mais qui sentait bon la lessive. J'observai le lustre en laiton orné de trois tulipes en verre dépoli, qui se balançait mollement au-dessus de ma tête au rythme de la brise marine s'infiltrant par la fenêtre. Je redoutais de passer la nuit dans ce lit où avaient été conçus sept enfants, dont mon père, et où mon grand-père avait rendu son dernier souffle. Je ne me sentais pas à la mesure de cette histoire.

À gauche, le côté favori de mon grand-père, une table de chevet en bois excita ma curiosité. Avide de souvenirs, j'ouvris un des tiroirs. Je n'y trouvai qu'un guide, *Casablanca en un week-end*, sûrement oublié par un de mes cousins de passage, qui manifestement ne s'était pas posé les mêmes questions que moi.

Je bondis pour rejoindre Mimi.

La salle à manger était plongée dans la pénombre. Je fis tourner la manivelle près de la fenêtre et, alors que le vieux rideau se levait lentement en gémissant, la lumière pénétra graduellement, révélant une pièce aux allures spectrales. Un épais drap blanc habillait la longue table ovale où s'étaient déroulés tant de repas de fête. Autour, les douze vieilles chaises en velours gris, dont seulement deux n'étaient pas revêtues de housses en plastique.

À travers les portes vitrées qui séparaient les deux pièces, je distinguai le « salon marocain » composé des mêmes banquettes disposées en U, enveloppées du même velours grenat émaillé des motifs floraux damassés qui laissaient des marques sur ma joue quand je m'y endormais enfant.

Je me précipitai pour aller coller mon nez sur la porte de la vitrine en marqueterie où j'avais dérobé la précieuse photo de mariage. Ce haut meuble en acajou, mis à jour régulièrement sous la haute autorité éditoriale de Mimi, représentait pour moi un des rares éléments de cet appartement qui évoluaient au fil du temps.

Elle seule pouvait décider des objets qui figureraient dans ce cabinet de curiosités où chacun espérait être admis. J'observai, excitée, les nouveaux élus dans notre panthéon familial, durant les sept années écoulées depuis ma dernière visite tout en m'assurant de la présence des anciens. À côté de la boîte de dragées de mon premier mariage, une photo de ma fille bébé, d'une de mes tantes vivant en Suisse, en tenue de ski, une autre d'un de mes oncles auprès de sa femme marchant tout sourire dans le Casablanca des années 1960, et quelques-unes, plus récentes, de cousins que je ne reconnaissais pas. Bras levés et éventail à la main, la poupée espagnole en plastique, vêtue d'une robe rouge à pois blancs, était toujours là ;

mes parents l'avaient rapportée d'un voyage pendant lequel Mimi nous avait gardés.

Sur l'étagère du haut, derrière une colombe en porcelaine, adossée à un verre de kiddouch[1] en argent, une photo ancienne sans cadre, que je découvrais. Il semblait s'agir de mon père, apparemment le jour de sa bar-mitsva, entouré de Mimi et de Papiel, l'air grave. Je regardai cet enfant – dont la ressemblance avec Jules me frappa – qui souriait timidement, un léger duvet au-dessus des lèvres, le regard doux, et pris conscience que peu de temps après il quitterait le Maroc et passerait trois ans seul loin des siens. En détaillant encore l'image, je distinguai derrière eux une dame tournée vers Papiel. Il m'était impossible d'en voir plus, la porte de la vitrine étant naturellement fermée à double tour.

Je me mis à déambuler dans la pièce qui résonnait encore du chahut de nos régulières retrouvailles. Je me remémorai Mimi assise en biais à un bout de table, prête à se précipiter vers la cuisine à tout moment. Elle tentait de suivre les conversations, mais son sourire s'estompait rapidement car nous finissions par l'ignorer, trop occupés à suivre

1. Le kiddouch est une bénédiction prononcée avec du vin lors de la cérémonie de sanctification d'une fête biblique ou du shabbat.

les discussions animées et à trouver notre place dans cette arène familiale à l'entrain inarrêtable. On ne se parlait pas, on s'exclamait et, surtout, on plaisantait. Je me souvins des blagues qui fusaient, des éclats de rire qui faisaient plusieurs fois le tour de cette longue table ovale. Des moments grandioses où chacun abandonnait son individualité pour communier par le rire, fort, tonitruant, et, pour moi, pour Mimi, excluant.

Dans cette famille, nous étions tous drôles, ou du moins tendions à l'être. Ce n'était pas une appréciation, c'était un état, une nécessité. C'était ainsi que l'on se jaugeait. Nul besoin d'être le plus beau, le plus instruit, le plus riche : il fallait être le plus drôle pour susciter l'admiration, ou simplement pour être considéré. Chez nous, tout événement, quel qu'il fût – banal, dramatique, heureux –, devait être emballé dans l'écrin prodigieux et efficace du rire. Chaque fait n'était relaté qu'une fois épluché, malaxé, broyé, centrifugé par les machines implacables de l'humour. Il en résultait une histoire, ultratransformée, au goût amélioré, prête à être consommée.

Ingurgiter ces nuggets émotionnels me formata pour traverser la vie et ses soucis, avec un détachement que je pris longtemps pour une résilience exceptionnelle. Pendant la période fragile de l'adolescence, je me plongeai dans la littérature ou dans la Bible afin d'y puiser des doses de drame nécessaires à mon équilibre. Je rêvais d'un monde sérieux où l'on se parlait vrai, sans plaisanteries, sans ironie dans le ton. Je m'étais même créé un groupe d'amis imaginaires, solidaires, bienveillants, qui m'écoutaient avec respect. Je leur parlais dès que je me retrouvais seule. C'est-à-dire souvent.

Et puis, un jour, cette existence tranquillisée fut bousculée par mon père, qui me murmura à l'oreille : « Tu sais, c'est toi, la plus drôle de la famille. » Cette phrase, qu'il me livrait comme un cadeau, provoqua en moi un embarras qui ne me quitterait jamais. Je me sentais lestée d'un secret et d'un pouvoir insupportables. J'avais onze ans, un âge où l'on confie à sa fille qu'elle est la plus jolie, la plus intelligente. Moi, j'étais la plus drôle.

Ainsi adoubée, j'intégrai la mécanique de survie de cet univers, où nous n'exprimions pas nos sentiments, ne donnions pas notre avis, et noyions dans le rire les événements douloureux. Combien de non-dits étaient enfouis derrière ces rires écrasants ?

Je pris place sur une des chaises non plastifiées pour attendre Mimi, me gardant bien d'aller la voir dans sa chambre. Elle m'en aurait pudiquement mais fermement chassée.

10.

19 heures, je m'étais effondrée sur une des banquettes du salon et avais dormi tout l'après-midi, bercée par les sons familiers de Mimi qui s'affairait dans la cuisine. Pendant ma longue sieste, elle avait pris soin de fermer les rideaux et m'avait couverte d'un drap léger. Je n'avais pas eu le courage d'appeler mes enfants, et mes parents m'avaient abreuvée de messages angoissés, m'interrogeant sur la durée des travaux de ma cuisine, me demandant si j'étais sûre de mon choix, si je ne préférais pas attendre d'être sur place – autant de questions inutiles auxquelles je n'avais rien répondu.

Pour me sortir de ma torpeur, assise dans la vieille baignoire au fond rêche, je laissai couler un mince filet d'eau tiède sur mon crâne. En me redressant, le reflet de mon corps nu m'apparut dans le miroir piqué de taches brunes comme une photo ancienne. Je ne me souvenais plus de la dernière fois où je m'étais regardée sans me fuir.

Ma silhouette se superposa à celle que je contemplais adolescente dans ce même miroir. La gravité avait fait son travail, mes contours étaient devenus incertains, mais je décidai de me faire face et soutins mon regard sans faiblir. Malgré ma peine, je me sentais intacte et forte.

Enveloppée dans une serviette ocre élimée, je courus pieds nus sur le carrelage froid du couloir. Des effluves de poisson en sauce se mêlaient à ceux du céleri rissolé et du bœuf au cumin.

Nous étions vendredi, soir de shabbat. Un marquage du temps qui avait rythmé ma vie au Maroc, du coucher du soleil jusqu'à l'apparition de trois étoiles dans le ciel le samedi soir. Ce rendez-vous était un véritable renouvellement hebdomadaire. Peu importait la semaine que nous avions vécue, nos états d'âme du moment, nous avions l'assurance de nous retrouver en famille, propres et bien habillés, autour d'un repas de fête.

Mimi avait célébré tous les shabbats de sa vie, avec et sans enfants, avec et sans petits-enfants, seule avec Papiel et, à présent, seule, tout court. Par respect des coutumes et pour lui faire plaisir, j'avais enfilé ma robe noire à col Claudine blanc emportée pour l'occasion, et disciplinai mes cheveux en un sage chignon. Mimi désapprouvait ma coiffure aux boucles volumineuses qui, selon elle, me donnait un air « fofolle ».

La salle à manger baignait dans une ambiance de fête triste. Le drap blanc avait été remplacé par une nappe rose pâle brodée de fleurs, impeccablement repassée ; les housses avaient disparu des chaises, et un couvert était mis pour deux à l'extrémité de la grande table. Je m'assis à ma place, celle que j'avais toujours occupée. Pour la première fois, j'allais dîner seule avec elle. Les tête-à-tête étaient rares dans notre famille, comme s'il fallait toujours qu'un témoin surveille ce qui se disait entre deux de ses membres. Je posai près de son assiette un petit sac en papier glacé contenant le cadeau que je lui avais acheté à l'aéroport. Un parfum que j'avais choisi pour son flacon noir et or, chic et sobre.

Mimi fit son apparition, les bras chargés du plateau de notre dîner. Elle disposa la corbine aux citrons confits saupoudrée de coriandre, les boulettes de viande au céleri, la tchaktchouka, les betteraves, les carottes au cumin, les aubergines frites – un repas de shabbat complet mais en modèle réduit. Comme à l'accoutumée, elle avait refusé toute aide. Elle s'efforçait de sourire, mais sa pâleur et ses traits tirés trahissaient ses efforts.

Je glissai le paquet devant elle.

« C'est pour moi ? Pourquoi ? Merci, ma fille », me dit-elle, visiblement embarrassée.

Elle marqua un temps et, sans le déballer, alla ranger le présent sur le buffet. Un silence s'installa. Pour y mettre fin, je me saisis du livre de prières de mon grand-père que j'avais trouvé dans sa chambre et pris soin d'apporter pour le dîner. Le volume aux pages jaunies et dentelées d'usure s'ouvrit, de lui-même, sur les pages de l'office du shabbat. Pensant faire plaisir à Mimi, je lus la prière, psalmodiant d'une voix tremblante, sans oser chanter fort. Je ne m'étais jamais entendue prier, ma voix était toujours mêlée à celles de mon père et des hommes de la famille. Mimi tapotait nerveusement sur la nappe, elle ne semblait pas ravie.

« Voilà, on est toutes seules, personne pour faire la prière », lança-t-elle, amère.

Mes yeux se brouillèrent.

« Ah non, on ne pleure pas ! Tu veux du Coca ? »

Je hochai la tête en hoquetant copieusement. Chez Mimi, le verre de Coca était la récompense suprême, la consolation des gros chagrins. Elle déverrouilla un des compartiments du buffet d'un double tour de clé ; y trônait une bouteille qu'elle posa devant moi, comme un barman présenterait une bouteille de scotch au héros déprimé d'un film américain.

Pendant que je me calmais en buvant le Coca chaud et éventé, Mimi m'observait en triturant des bouts de hallah, le pain brioché de shabbat qu'elle avait pétri et cuit le jour même.

« Tu sais, *benti*, tu as de la chance. Dieu me pardonne, j'ai tout fait pour divorcer ; mais je n'ai jamais pu. »

Je n'osai relever la tête, stupéfaite.

Ce moment était une bascule, je le sentais. Je retins mon souffle, ne voulant émettre le moindre son qui pût la dissuader de poursuivre. La tête toujours baissée, je fixais ses mains crispées sur ses cuisses et priais intérieurement pour qu'elle continue.

« Mange, ma fille. »

Mon assiette débordait. Je n'avais pas faim, mais j'attaquai le poisson sans protester. Elle repoussa la sienne, qu'elle n'avait pas touchée, soupira, s'agita sur sa chaise, but une gorgée d'eau, puis une autre, revissa inutilement la bouteille de Coca… J'avalai péniblement une bouchée et, dans cette salle vidée de sa foule domestique, tonitruante, elle se lança enfin.

« Ton grand-père était un homme bon, il vivait selon les commandements de la Torah. Dans mon malheur, j'ai été bénie que ce soit lui, sinon je n'aurais jamais survécu à cette situation qui m'a été imposée. »

11.

Ce ne fut pas ce soir-là que Mimi me dévoila ce qui lui était arrivé. De retour dans ma chambre faiblement éclairée par un mince croissant de lune, je constatai qu'elle avait pris le soin d'ouvrir mon lit en repliant les draps comme dans les grands hôtels. Mon téléphone, posé sur la table de nuit, affichait dix appels manqués et quatorze messages. Je lus le dernier, reçu deux minutes auparavant.

« Ne t'inquiète pas, il va mieux, la fièvre est descendue. »

Quelle fièvre ?!

À mesure que je découvrais les SMS de mon ex-mari, je me reprochais de n'avoir pas pris mon portable avec moi au dîner.

Son premier message était attentionné et cordial.

« Coucou, bien arrivée ? Jules est patraque depuis qu'il est sorti de l'école, appelle-le, ça lui fera plaisir. »

Message suivant : « On lui prend la température comment ? Oreille ? Front ? Autre ? »

« Tu sais parfaitement te servir d'un thermomètre ! » pestai-je intérieurement.

Je continuai de parcourir les SMS.

« 38,5 °C. »

« Tu peux m'envoyer le numéro du pédiatre ? »

« 39,2 °C. »

« C'est toi qui as le carnet de santé, ou c'est moi qui l'ai ? »

« SOS Médecins est passé, c'est une otite de rien du tout. »

« Une otite, ce n'est jamais "de rien du tout" ! »

J'avais prononcé cela tout haut dans la chambre vide en singeant son ton détaché qui m'agaçait tant. Je me ruai pour composer son numéro mais tombai à plusieurs reprises sur sa nouvelle messagerie, où il prenait une voix étonnamment suave. Il avait éteint son téléphone. Je rappelai plusieurs fois, rageusement, inutilement, comme si le nombre d'appels allait rallumer son appareil et racheter mon inconsistance.

Mortifiée, je me souvins que, pendant le dîner, j'avais bien entendu des bips mais les avais ignorés, craignant d'interrompre Mimi. Vaine précaution, car Mimi avait tout de même suspendu son récit sans m'avoir rien révélé de fracassant.

Mon mari s'était déjà retrouvé seul avec notre fils, mais c'était la première fois que je n'étais pas joignable afin de veiller à distance à la bonne marche des opérations. Tout au long de notre vie commune, il avait eu « besoin » de moi pour accomplir la moindre tâche. Les rares fois où il s'était chargé des courses, en plus de lui dresser une liste détaillée, je devais assurer une assistance téléphonique en direct pour l'aiguiller dans les rayons. L'opération se terminait invariablement par des sacs pleins à craquer, posés en vrac dans la cuisine, que je devais ranger car il était « sur les genoux », et qu'il ne voulait surtout pas « perturber mon organisation ». S'il allait chercher Jules à l'école, il fallait que je lui précise l'heure, la composition du goûter, et, une fois rentré à la maison, il m'appelait à chaque étape des rituels du soir, souvent parce qu'il pensait m'apprendre des choses nouvelles sur notre fils, des évidences pour moi. « Tu savais que Jules connaissait toutes les capitales ? » Je faisais mine de l'apprendre pour ne pas le couper dans son élan et continuais de le materner dans l'éducation de notre garçon.

Je devais l'admettre, il n'était pas l'unique responsable de ce fonctionnement ; nous l'avions construit à deux. Quelque part, j'étais rassurée par son incompétence stratégique qui me rendait indispensable à ses yeux, omnipotente pour mes enfants. Mais là, mon téléphone toujours serré dans la main, je me sentais pour la première fois inutile. Il semblait être en mesure de se débrouiller tout seul.

Et Mila ? Elle avait boudé quand je lui avais dit au revoir. Elle pensait certainement que je me débarrassais d'elle en l'envoyant chez son père sans lui demander son avis. Je composai nerveusement son numéro en me flagellant de l'avoir ainsi abandonnée.

« Ma chérie, j'espère que tout se passe bien.

— Très bien, Maman ! »

Je la reconnaissais bien là : elle voulait faire bonne figure. Je la rassurai.

« Je peux rentrer plus tôt, si tu veux. Je suis désolée d'avoir été aussi directive. »

Elle poursuivit d'une voix enjouée que je ne lui avais pas entendue depuis longtemps.

« Non ! Papa m'a fait la surprise ; il est venu me chercher au lycée, et on a pris le train tous les deux. Là, je suis chez lui, et on a prévu plein de trucs. »

Elle ne l'avait pas appelé Papa depuis notre séparation. D'habitude, elle disait « mon père ». Et il en avait de la chance ! Mila refusait que je me montre dans un rayon de moins d'un kilomètre autour de son lycée.

J'entendis un brouhaha de rires et la voix de mon ex-mari jovial.

« À la santé de ma fille chérie ! »

« Je te laisse, Maman. C'est pas très poli : on dîne avec tout le monde. »

Qui *tout le monde* ? J'hallucinais. Comment cet homme que j'avais connu solitaire, quasi associal, pouvait-il avoir changé au point de devenir ce gai luron qui organisait des dîners chez lui ?

Je ruminais. J'avais tout laissé en plan pour me retrouver ici avec une vieille dame solitaire et austère qui distillait ses mots au compte-gouttes. J'étais à Casablanca depuis moins de vingt-quatre heures, et tout m'échappait.

Encore habillée, allongée sur les draps, je pensais aux deux hommes que j'avais épousés. Bien que très différents, ils m'avaient souvent blâmée d'accorder une place trop importante à ma famille, en l'occurrence celle de mon père.

Le premier trouvait suspect que je n'aie pas le même rapport avec la branche maternelle. Le fait que je n'avais jamais vécu près d'eux, car ils avaient émigré en France alors que j'étais enfant et habitais encore au Maroc, n'était pas une excuse.

« C'est de l'ordre de l'aliénation ! On dirait que tu dois quelque chose au clan paternel », s'emportait-il.

Mon second mari me reprochait surtout de ne pas être là quand j'étais avec lui, avec nos enfants. Pas *vraiment* là. Cette critique atteignit son paroxysme peu de temps avant notre séparation, alors que nous étions attablés tous les quatre au bord d'une paisible calanque près de Cassis. Nous attendions nos plats en silence dans ce joli restaurant à l'abri des pins parasols ; c'était notre troisième jour de vacances, nos visages commençaient à prendre une teinte dorée, nos corps étaient délassés par les bains de mer et les longues nuits de sommeil. Pendant que mon mari lisait le journal local, la main sur ma cuisse, Mila et Jules dessinaient des poissons multicolores sur un set de table en papier. Cette sérénité qui aurait dû m'apaiser me fit paniquer. Tout me semblait trop calme, même la Méditerranée m'énervait – son clapotis tranquille m'inspirait l'ennui et me faisait plonger dans un vide désespérant. Et là, sans imaginer une seconde ce que j'allais déclencher, j'avais lancé dans un soupir : « Ma famille me manque… »

Sa main se crispa sur ma cuisse, il laissa tomber son journal et souffla, incrédule : « Mais c'est nous, ta famille ! »

Sa stupéfaction – de tels mots, à un tel moment, en un tel lieu – se mua en une colère noire.

Comment lui expliquer que j'avais été prise par une bouffée de nostalgie ?

Je me languissais de l'océan Atlantique déchaîné de mon enfance, des cris mêlant joie et terreur que nous poussions avec mes frères quand les vagues vigoureuses se rapprochaient et finissaient par nous soulever. Nous ressortions de l'écume glacés, le souffle court, les yeux écarquillés, les cheveux plaqués au visage par la force de cette gifle, et nous y retournions en hurlant de jubilation. Il n'aurait pu comprendre que c'était cette pagaille qui me manquait. Cette pagaille où le bruit, les rires, le mouvement étaient synonymes de vie.

Je n'avais pas mesuré à quel point j'avais été cruelle et maladroite et, sur le moment, j'avais trouvé exagéré son accès de colère. J'avais aggravé mon cas en ajoutant avec ironie qu'il était impossible de prendre au sérieux quelqu'un qui s'énervait en chemise à fleurs, tongs et chapeau de paille. Quelle erreur !... Car il enchaîna, un ton encore plus haut.

« Quand allez-vous cesser de vous moquer ? »

Il avait bien insisté sur le *vous*, réglant ainsi ses comptes avec notre propension à rire de tout. *Nous*, c'était moi et ma famille. *Nous*, c'était *mon* clan. Qui n'était donc pas le sien.

Je tentai de l'amadouer en lui caressant le bras, mais je m'enfonçai davantage.

« Mais non, je ne me moque pas, mon chéri ! On peut rigoler un peu, quand même... Sinon, on s'ennuie.

— Eh bien, on s'ennuie ! » s'indigna-t-il en repoussant ma main.

Mila et Jules baissèrent la tête et s'activèrent de plus belle sur leur dessin. Il retira de ses genoux sa serviette en papier, la jeta rageusement sur la table, se dirigea en pestant vers la sortie à grands claquements de tongs. Nous restâmes plantés là face à la mer lisse et scintillante dont le ressac toujours aussi tranquille semblait me narguer.

À l'époque, je n'avais pas pris la mesure de l'affront. Pour une raison qui m'échappait, je ne m'étais jamais considérée comme « la femme de », « la maman de ». Avant tout, j'étais « la fille de » et « la petite-fille de ». Je ne m'étais jamais considérée, non plus, comme un individu maître de ses choix, de son destin. J'étais le maillon d'une chaîne silencieuse, et je m'interdisais de la briser.

« La dorade à l'unilatéral ! » annonça derrière moi une voix joviale.

Le serveur qui devait avoir tout au plus vingt ans s'avança pour déposer devant moi un poisson aux yeux laiteux, gisant sur un lit de feuilles de salade et orné de tranches de citron en éventail.

« Et voilà ! Régalez-vous ! » glissa-t-il avant de s'éclipser.

Armée de mes couverts, j'entrepris de décortiquer la bête et lançai à mes enfants pétrifiés :

« Mmmmh, ça a l'air délicieux, qui en veut ? »

12.

Deux heures du matin. L'appartement baignait dans le silence. Quelques heures auparavant, j'avais perçu un bruit de verrou provenant du bout du couloir : Mimi allait se coucher dans la pièce du fond.

Incapable de fermer l'œil, je me répétais ses propos. Elle avait parlé essentiellement de son époux, mon grand-père, en commençant par situer sa naissance vers 1900 à Tachmchit, minuscule village perché dans les montagnes du Haut Atlas marocain.

Tout au long de son récit, Mimi avait souligné la personnalité pugnace et combative de son mari. Né grand prématuré, il avait entamé sa vie par une lutte acharnée contre la mort, qu'il remporta, un miracle à cette époque où les couvertures en laine faisaient office de couveuse.

« C'est pour ça qu'il était maigre et petit, le pauvre ! » tint-elle à préciser, l'œil malicieux.

Mon grand-père ne connaissait pas le mot « résilience », mais, quand à treize ans il perdit ses parents, il n'eut d'autre choix que d'endosser le rôle de chef de famille. Bien qu'étant le plus jeune de la fratrie, il était le seul garçon et c'est donc à lui que revint la décision de s'arracher à son village avec ses trois sœurs. Les quatre orphelins durent marcher plus de trois cents kilomètres, pieds nus, pour rejoindre Casablanca et ses promesses. Il ne s'agissait pas là de rêves de richesse, il ne s'agissait que de subsister.

Papiel avait dit adieu à ses pommiers, cerisiers, noyers, oliviers, à son air pur, à son ciel bleu pâle, à son silence, pour se retrouver dans les mailles d'un tissu urbain, dense et bruyant.

« Tu sais, il ne connaissait rien du tout. C'était un vrai blédard. »

D'un côté, Mimi semblait admirer ce qu'il avait réussi à accomplir ; de l'autre, elle me rappelait subtilement qu'en tant que fille de Casablanca, elle était plus éduquée.

« Quand il est arrivé, ton grand-père n'était personne. Il n'avait rien. Ni parents ni argent », martela-t-elle en me narrant comment, dans l'urgence de se faire accepter, il avait forcé le destin.

« Il n'avait appris aucun métier… Alors, comme c'était un bon acteur, il a fait semblant. C'est lui qui m'a raconté ! » a-t-elle souligné pour se dédouaner.

Il exerça ainsi, avec un certain succès, le métier de faux voyant sur le marché, rassurant la femme esseulée ou l'homme ruiné. Grâce à son entregent, il fut également un marieur habile et empressé, menant avec finesse et diplomatie les négociations entre les familles juives qui souhaitaient unir leur progéniture. Mais l'activité où il avait excellé, et qu'il continua d'exercer tout au long de sa vie, fut celle de clown, dans les mariages et les bar-mitsva. Mimi avait ri de bon cœur en me décrivant son numéro le plus fameux… Il faisait chauffer du sel dans une poêle, y versait de l'alcool à brûler, et, une fois la lumière éteinte, lançait une allumette.

« Tu aurais vu ! Une flamme s'élevait et les invités avaient le visage tout vert ! »

Elle essuya ses yeux humides du revers de la main puis se leva.

« Bon, *benti*, tu es fatiguée… Va te reposer ! me dit-elle en vidant et en empilant les assiettes.

— Mais non, pas du tout : j'ai dormi toute la journée ! » protestai-je au comble de la déception.

Je l'avais pourtant écoutée, suspendue à ses lèvres, sans manifester le moindre signe de lassitude. Je joignis mes mains pour la supplier comme une enfant. Un peu trop fort peut-être, car elle montra un certain agacement. Je le savais : elle abhorrait les débordements d'émotion. Avec elle, il fallait se tenir. Je me repris immédiatement et calmai mon excitation. D'un signe de tête, elle approuva mon attitude.

« Demain, peut-être », ajouta-t-elle en empoignant le plateau où elle avait entassé en quinconce les restes de notre dîner à peine entamé, et se dirigea vers la cuisine.

Je restai assise, à dessiner des rosaces avec les miettes de pain sur la table et à me demander quelle pouvait être cette situation terrible qu'elle disait avoir subie.

J'étais d'autant plus dépitée de cette interruption arbitraire que je connaissais plus ou moins certains de ces épisodes du destin de Papiel. Contrairement à mon père, il ne se faisait pas prier pour raconter sa vie. Les soirs de shabbat, après un ou deux verres de vin cacher Rabbi Jacob – mélangé à du Coca-Cola sous nos yeux horrifiés –, il prenait la parole et livrait des bribes précieuses et inédites de son existence.

Je me souvenais en particulier de ce moment où, dans cette même salle à manger aujourd'hui désertée, il avait décrit les maisons basses en argile de son village, dans lesquelles les juifs berbères habitaient et, aimait-il préciser, où les musulmans vivaient à quelques centaines de mètres. Il avait poursuivi en évoquant pour la première fois les maigres souvenirs qui lui restaient de sa mère, Mama Omri[1], et ce jour-là fut la seule fois où je vis les yeux bleus de mon grand-père pleurer.

« J'étais aussi épais qu'un timbre, lança-t-il en plaisantant malgré les larmes qui ruisselaient. Mama Omri s'inquiétait pour ma santé et me fabriquait à chaque fournée un petit *khobz*[2] rien que pour moi. Elle le cachait sous sa robe, et elle me le refilait en douce. »

Il dépeignait sa mère avec tant de ferveur et de réalisme que je visualisai Mama Omri comme si je l'avais déjà rencontrée. Je me représentai ses yeux soulignés de khôl, les grosses perles d'ambre de son collier, qui s'entrechoquaient pendant qu'elle pétrissait le pain de ses mains menues, la fine ligne verte tatouée sur le menton… Ce dernier détail avait fait sursauter mon père, qui fit signe à Papiel de passer à autre chose. Ébranlé par l'épisode de la boucle d'oreille, il semblait craindre que cela ne donne une bonne excuse à l'un de ses enfants, si l'envie lui prenait de se faire tatouer.

---

1. « Maman d'amour. »
2. « Pain. »

Papiel savait captiver son auditoire. D'un mouvement circulaire du bras, il avait écarté ses couverts pour reproduire les gestes de sa mère qui travaillait vigoureusement la pâte entre ses paumes pour l'aplatir. Il s'était ensuite levé pour montrer comment, les jambes tendues, le dos baissé, bien droit, elle aplatissait les disques de pâte et les collait aux parois du four en terre cuite. De ses grosses mains, il illustrait avec précision la taille du four et sa forme en dôme.

« Je la suivais à la trace. À peine m'avait-elle confié le pain brûlant que je courais dans ma cachette, derrière un petit arbousier. Pendant que, dans la vallée, la rivière s'écoulait jusqu'à une cascade, je mâchais doucement, pour profiter le plus longtemps possible de la mie chaude et moelleuse. Ce n'était pas de son pain, dont je me nourrissais, c'était de son amour. Et, à cet instant, je me sentais le plus fort du monde… »

Allongée sur le lit de Papiel, je ne trouvais pas le sommeil. Dans ma tête résonnait le nom chuintant du village berbère où il naquit. Tachmchit. Prise d'une inspiration, je le saisis sur Google, qui me délivra un descriptif succinct.

« Sans grand intérêt touristique, la région offre toutefois de belles perspectives de randonnées pédestres. »

Quelle ironie ! Je ne pus m'empêcher de rire, certaine que Papiel, malgré les drames qu'il avait endurés, aurait plaisanté sur la terrible « randonnée pédestre » qui l'avait mené jusqu'à la ville.

13.

J'ouvris l'œil avec l'appel à la prière du muezzin qui retentit à 6 h 15 précises. Le même chant plus lointain vint y faire écho, puis un autre plus distant encore, et les trois résonnèrent en canon par la fenêtre ouverte.

Une odeur capiteuse et sucrée imprégnait la pièce et acheva de m'éveiller. Je l'identifiai immédiatement, surprise que Mimi ait fait l'effort de cuisiner ce plat traditionnel du samedi midi alors que nous n'étions que deux. J'avais en tête la complexité de la préparation, d'autant qu'il fallait le mettre à cuire la veille avant le coucher du soleil ; le soir tombé, il était interdit aux juifs pieux d'allumer une flamme. Aussi roboratif que délicieux, ce mets mijotait toute la nuit à petit feu et apparaissait luisant et caramélisé sous les acclamations de la tablée. À peine Papiel avait-il terminé les bénédictions que nous nous jetions avec enthousiasme, enfants comme adultes, sur les pommes de terre burinées par la cuisson, la viande fondante, les œufs durs devenus bruns, le tout accompagné de pois chiches baignant dans un jus doré foncé. Après avoir fait honneur à son assiette et nettoyé la sauce avec un bout de pain qu'il engloutissait, Papiel se levait de table. Tout en chantant sa reconnaissance à Dieu qui lui avait permis de faire un si bon repas, il desserrait la ceinture de son pantalon, puis, titubant de satiété, s'écroulait sur une des banquettes du salon. Il était vite rejoint par mon père, dans le même état, qui s'allongeait la tête près de la sienne. Et là, avec mes frères, nous attendions fébriles ce qui ne manquait pas de survenir : les deux feignaient d'entonner un concert de ronflements retentissants. Leur numéro bien huilé nous faisait rire aux éclats, et les pitres, repus, finissaient par plonger dans un sommeil profond, bien réel cette fois-ci.

Que faisait Mimi durant ces moments, me demandai-je en me redressant sur mon lit. Je ne me souvenais pas qu'elle ait assisté à ces moments joyeux, trop accaparée par la remise en état de la table que nous avions tous quittée sans lui prêter attention et sans soulever la moindre assiette.

La chambre que Mimi avait pris soin de préparer pour moi était sens dessus dessous. Ma nuit agitée me revint. N'ayant pas réussi à fermer l'œil sur ce vieux matelas dont chacun de mes mouvements faisait couiner les ressorts, j'avais décidé de m'installer dans le petit lit à côté. Dans le noir et somnolente, j'avais dû arracher les draps et couvertures du premier pour en parer sommairement le second, et me retrouvai à présent sous un amas informe de linge froissé.

Je sautai sur mon téléphone. Il était une heure de plus à Paris. Jules était peut-être réveillé. J'appelai. Je tombai sur l'insupportable messagerie de son père. Je réglai le volume de la sonnerie au maximum, pour être sûre de ne pas manquer son appel.

Le mur derrière mon lit était mitoyen de celui de la cuisine. J'entendais le glougloutement des tuyaux parcourir la mince cloison en zigzaguant de haut en bas. Un tintamarre de casseroles, d'assiettes et de couverts qu'on range retentit durant de longues minutes. Je tendis l'oreille et perçus une discussion qui, bien que chuchotée, avait l'air animée. Avec qui Mimi pouvait-elle parler de si bonne heure ?

Je n'eus pas le temps de trouver la réponse à ma question, car je sombrai dans un profond sommeil. Deux heures plus tard, je fus réveillée en sursaut par la sonnerie stridente de mon portable.

« Je suis guéri ! m'annonça Jules fièrement.

— Oh, mon chéri, je suis rassurée.

— Tu t'amuses bien, Maman ? »

J'avais les larmes aux yeux. Que pensait-il de moi ? Il ne devait rien comprendre à mon attitude.

« Oui, mon chéri. Tu sais, Mimi m'a dévoilé l'histoire de ton arrière-grand-père hier soir.

— Trop bien ! Tu me raconteras ?

— Bien sûr.

— Tout ? » me questionna-t-il à nouveau.

Il avait bien compris la tendance familiale à escamoter certains détails.

« Évidemment », répondis-je.

À cet instant, je pris la résolution de ne rien cacher à mes enfants de ce que je pourrais apprendre durant ce voyage.

Son père prit l'appareil.

« J'espère que tu ne t'es pas trop inquiétée. »

Je me contins pour ne pas exploser. Il m'avait envoyé des messages affolés parce qu'il était incapable de se débrouiller tout seul, n'avait pas répondu la nuit, et il ne fallait pas que je m'inquiète ? Quel culot !

« Un petit peu, quand même.

— J'ai tout pris en main. La situation est sous contrôle.

— Mais pourquoi m'avoir fait vivre le problème minute par minute, alors ? Juste pour me culpabiliser ? Je suis une mauvaise mère, c'est ça ? »

J'avais hurlé.

« Pas du tout ! » hurla-t-il à son tour.

Puis il se tut, laissa passer un long silence et reprit calmement.

« À quoi ça sert d'avoir divorcé si on continue à se disputer ? À ce compte-là, on peut rester ensemble, si tu veux… »

Sa réponse froide et pragmatique m'avait prise de court.

« Jamais ! lui rétorquai-je les dents serrées.

— Bon, on est d'accord. Tu rentres quand ? »

Il connaissait le jour, l'heure, mais je lui répétai. Je me retins de repartir dans les tours quand il commenta, sarcastique : « Ah oui, quand même… »

La porte de la chambre s'ouvrit sur Mimi qui devait m'avoir entendue hausser le ton. Elle fronça les sourcils en voyant ma mine contrariée au milieu du capharnaüm de draps froissés, puis referma sans un mot.

Au bout du fil, je perçus la petite voix de Jules.

« Dis-lui pour la girafe !

— Ne t'inquiète pas, Maman va s'en occuper », lui assura-t-il.

La girafe ! Je l'avais complètement oubliée.

« Ah oui, c'est vrai. Je vais essayer de…

— Là, je peux pas t'aider, d'autant que tu m'as affirmé que tu t'en chargeais. Je suis débordé, je dois défaire mes cartons, Luc vient m'aider à repeindre ma chambre… »

Le « ma chambre » m'arriva comme un coup de poing. Quelle couleur choisirait-il pour cette pièce où je ne dormirais jamais, où il ferait l'amour avec d'autres ? Peut-être l'avait-il déjà fait ? Et Luc était *notre* ami, pas seulement le sien. Viendrait-il m'aider de la même manière ou avait-il choisi son camp ?

Dans le combiné, il conclut son réquisitoire :

« ... et puis j'ai d'autres choses à penser que de faire du coloriage.

— C'est vrai que, moi, je n'ai que ça en tête ! »

J'avais hurlé. Encore. Un silence. Il avait raccroché.

De rage, je jetai le téléphone sur le lit, récupérai ma robe de la veille roulée en boule dans un coin de la chambre et, tout en tirant dessus pour la lisser, rejoignis Mimi dans la salle à manger.

Sur la table, une théière en argent et deux verres à fines dorures étaient posés sur un plateau en plastique orange. Je fulminais encore. Mimi, assise, m'attendait. Sans me regarder, elle tapota la chaise à côté d'elle pour m'inviter à m'asseoir et me servit du thé à la menthe en levant le bras aussi haut que son âge le permettait.

Les sentiments se bousculaient – la culpabilité de m'être emportée, le soulagement que ce coup de sang m'avait procuré, la crainte que Jules ait discerné mes cris, la jalousie, surtout. C'est ça :

j'étais jalouse. Je pensais à son intérieur qu'il allait prendre le temps de bien décorer. Lui savait créer des atmosphères chaleureuses, des ambiances douillettes. Moi, j'arrivais à peine à rendre l'espace fonctionnel. Depuis mon départ de Casablanca à dix-sept ans, j'avais tant déménagé que je n'avais jamais vraiment su concevoir un espace qui me serait agréable, confortable. Peut-être aussi avais-je trop peur de m'attacher à un lieu.

« Calme-toi, *benti*, je t'entends penser », me dit Mimi.

Elle poursuivit son cérémonial en transvasant le thé d'un verre à l'autre pour le refroidir, puis m'en donna un des deux, que je serrai entre mes mains. Je la remerciai du regard en me délectant de la vapeur parfumée qui humectait mon visage.

Elle portait une robe d'intérieur en coton noir parcouru de discrètes lignes blanches. Ses manches retroussées laissaient voir la blancheur laiteuse de ses bras, qu'elle n'avait jamais dû exposer au soleil.

Des pas menus et rapides se rapprochèrent. Qui était là ?

Une jeune femme d'une trentaine d'années, foulard noué sur la tête, tunique rose vif resserrée à la taille par un tablier blanc, pénétra dans la pièce. Elle déposa sur la table une grande assiette où trônait le somptueux cake aux noix de Mimi, gonflé et spongieux à souhait. Je salivais.

« Tu te rappelles de Kabira ?

— *Marhba*[1] ! » me lança la jeune femme tout sourire.

Je finis par la reconnaître. Comment avais-je pu l'oublier ? Je me levai pour l'embrasser affectueusement. La dernière fois que je l'avais vue, elle devait avoir vingt ans. Trop centrée sur mes problèmes, je ne m'étais pas préoccupée de savoir si elle, ou quelqu'un d'autre, venait prêter main-forte à Mimi. Mon père et ses six frères et sœurs l'avaient désignée à l'unanimité comme assistante de vie pour leur mère et elle occupait ce poste à haute responsabilité depuis onze ans.

Je mordis avec délectation dans le gâteau et la détaillai pendant qu'elle faisait reluire les carreaux de la vitrine. Grande, tonique, des yeux miel en amande surmontés d'épais sourcils arqués, la peau lisse et dorée, Kabira était une très jolie femme. Elle était aussi dotée d'un caractère bien trempé ; ses différends avec Mimi pouvaient provoquer quelques étincelles. Je me souvins de la fois où elle n'avait pas hésité, malgré sa situation miséreuse, à claquer la porte car ma grand-mère s'était comportée trop durement avec elle. De

1. « Bienvenue ! »

vives tractations téléphoniques entre les sept frères et sœurs avaient eu lieu depuis la France, la Suisse et le Canada, pour tenter de régler la situation. Comme chaque fois, c'est mon père qui était parvenu à rabibocher les deux femmes.

D'aussi loin que je m'en souvienne, il avait un talent pour réconcilier les êtres. Rien ne le rendait plus heureux que de rétablir la paix entre deux amis fâchés ou de pacifier un couple en crise.

« C'est un commandement de la Torah », arguait-il quand ma mère lui reprochait son ingérence pacifique.

Mais s'il avait le pouvoir d'amadouer sa mère, c'est surtout parce qu'il était son préféré. Quatrième de ses sept enfants, il était celui qu'elle écoutait, celui pour qui elle avait le plus de gestes tendres et de mots affectueux. Ce n'est que bien plus tard, en découvrant la suite de l'histoire de Mimi, que j'eus l'explication de ce statut privilégié dont il bénéficiait.

14.

Mimi et Kabira s'étaient éclipsées. J'attaquai ma deuxième grosse tranche de cake en jetant un morceau de sucre – au moins une fois et demie la taille des morceaux français – dans mon thé à la menthe, sonnant définitivement le glas de ma diète hypoglucidique.

Pendant que je regardais le bloc blanc s'effondrer mollement dans mon verre, je repensai piteusement à la croisade que j'avais menée. « Ce n'est pas un régime, c'est un mode de vie ! » répétais-je à l'envi à mes proches qui n'y voyaient qu'une nouvelle lubie pour maigrir.

J'avais même prononcé un discours enflammé sur les méfaits de cette substance addictive au cours d'un repas familial, car ma mère avait eu le malheur de servir un gâteau au chocolat pour le dessert. Alors que j'énumérais, accusatrice, les nombreux aliments contenant des sucres cachés à la tablée interloquée, mon père m'avait interrompue en me questionnant calmement : « Je suppose que tu n'en veux pas ? »

Sans attendre ma réponse, il avait saisi mon assiette et versé ma part sur la sienne. Puis il avait posé sa main sur la mienne : « Mollo, pas d'extrémisme… Un jour, tu auras peut-être envie d'un petit quelque chose de sucré… et ce sera pas grave. »

« Pas grave », repris-je en ingurgitant ma troisième tranche. Ainsi lestée, je pus enfin envisager de me mettre au travail et je me levai pour aller chercher mon ordinateur dans ma chambre. La fenêtre grande ouverte laissait entrer une brise tiède, les deux lits étaient impeccablement faits, le carrelage luisait du passage de la serpillière et exhalait une forte odeur d'eau de javel. Ma valise était posée debout dans un coin de la pièce et je constatai qu'elle avait été vidée.

Dans la serrure de la porte centrale de l'armoire, une clé ! Je me précipitai pour l'actionner, craignant que quelqu'un ne vienne la reprendre. Mes vêtements y étaient tous rangés. Sur cintre dans la penderie ou sur l'étagère du dessus, soigneusement pliés. Mes chaussures avaient été sorties de leurs sacs en plastique – pliés également ! – et alignées sur l'étagère du bas.

Je retrouvai mon ordinateur branché à la prise et mes dossiers de travail soigneusement empilés, sur la table de chevet.

D'ordinaire, une telle initiative m'aurait agacée, je l'aurais considérée comme une intrusion. Là, j'étais rassérénée par ces attentions et y voyais l'expression de l'amour pudique que me portait ma grand-mère.

Je regagnai la salle à manger avec allant, fermement décidée à travailler sur mon texte. Je commençai par créer un document que je nommai pompeusement « synopsis sketch » puis restai là, complètement paralysée, à contempler la barre clignotante sur l'écran qui semblait attendre mes instructions.

J'avalai quelques lampées de thé pour me donner du courage mais n'arrivai à rien. Pour que je puisse me concentrer, je devais chasser la pensée qui m'obnubilait : « Qu'est-ce qui avait bien pu rendre la vie de Mimi si insupportable ? »

Une heure plus tard, le bip aigu d'un SMS me fit sursauter. Je m'étais endormie la main sur le clavier, la joue collée à la nappe en plastique, un mince filet de salive coulant au coin des lèvres. Le message venait de Colin qui m'annonçait avec enthousiasme, le tout agrémenté d'une bonne dizaine de points d'exclamation, que les ouvriers seraient chez moi lundi à 9 heures pour installer ma cuisine. Et comme il était « méga pointilleux », il avait besoin de « faire un récap » afin de « prévoir le coup » car il voulait à tout prix éviter de se « prendre les pieds dans le tapis ». Décidément, cet homme avait l'art de la formule.

Dans un réflexe très inhabituel, je me déchargeai de mes responsabilités en transférant le message à mon père sans plus de précisions. Je répondis ensuite à Colin dans son langage, en l'invitant à contacter directement mon père nommé « directeur des opérations sur cette mission ».

Sa réponse ne se fit pas attendre : « Reçu 5 sur 5. »

La table avait été débarrassée pendant ma sieste impromptue. Le plateau de petit déjeuner avait fait place aux couverts du déjeuner. Honteuse de m'être écroulée de la sorte, je lançai la vidéo d'une émission présentée par Michelle dans l'espoir de me plonger dans une ambiance plus propice à la création.

« Ah, c'est bien, tu ris, c'est que ça va mieux », lança Mimi derrière moi alors que je visionnais, hilare, une caméra cachée dans laquelle cinq Mexicains en ponchos, sombreros vissés sur la tête, chantaient à tue-tête en poursuivant des touristes québécoises. Michelle apparut à l'écran, et je la désignai fièrement à Mimi : « Je vais travailler avec elle ! Elle est très connue en France ! »

Elle n'esquissa pas un sourire ; je retrouvai la même expression figée qu'elle prenait quand les rires résonnaient autour de cette même table. Était-ce de la déception que je lisais sur son visage ? Peut-être s'attendait-elle à plus de sérieux venant de moi ? Comme si je l'avais trahie en faisant à mon tour commerce de l'humour familial qu'elle avait souvent subi.

« Tu ne devrais pas travailler le jour du shabbat, *benti.* »

Nous nous retrouvâmes pour le déjeuner devant le somptueux plat de dafina. Étrangement, malgré le tardif et copieux petit déjeuner, j'avais faim. J'avais le sentiment qu'en me nourrissant de ces mets, j'allais m'imprégner de nouveau de ces coutumes, ingérer de la matière à réflexion.

Encore une fois, Mimi ne s'était pas économisée dans la confection du repas, avait respecté à la lettre la tradition et n'avait omis aucun ingrédient. Nous savourions silencieusement, Mimi toujours assise de biais, comme si elle s'apprêtait à quitter les lieux à tout moment. Tandis que je me délectais, je me creusais la tête pour trouver un moyen de l'amener à raconter la suite de son histoire.

« Tu savais cuisiner quand tu t'es mariée ? demandai-je pour lancer la conversation.

— Pas du tout. J'avais quatorze ans, tu sais. »

Je ne l'avais jamais su. Je mordis dans un bout de hallah pour dissimuler mon émoi. Je savais que mon grand-père était plus âgé mais je ne l'imaginais pas, elle, si jeune.

Elle enchaîna en désignant la dafina.

« Je l'ai fait cuire sur la plaque toute la nuit. »

Je craignis qu'elle se lance dans la description de la recette pour éviter le sujet, et ce fut pire : elle entreprit de me livrer une anecdote sur le mode de cuisson.

« On apportait la dafina au four public et elle cuisait tout doucement du vendredi soir au samedi matin. Mais attention, à l'intérieur du four, tous les emplacements n'étaient pas les mêmes. Comme ton grand-père était quelqu'un d'important, le commis nous réservait le meilleur endroit pour notre marmite ! Ni trop près ni trop loin du feu.

— Marmite VIP ! » lui lançai-je pour la faire rire.

Elle pouffa en cachant sa bouche avec sa main comme une petite fille.

Cette vision m'émut mais je ne lâchai pas mon sujet.

« Tu avais quatorze ans quand tu t'es mariée… c'est très jeune ! »

Elle reprit son sérieux.

« Trop. C'était courant dans le temps. »

Le gros téléphone gris à cadran émit une sonnerie qui me fit sursauter. Mimi ne bougea pas. Au quatrième coup, elle justifia son immobilisme.

« C'est shabbat, je ne réponds pas au téléphone. »

J'esquissai un mouvement pour aller décrocher.

« Non ! C'est shabbat, répéta-t-elle, sentencieuse.

— C'est peut-être une urgence ?

— *Benti*, à mon âge, l'urgence et les mauvaises nouvelles ne peuvent venir que de moi. »

L'insupportable son s'était arrêté. Il fallait que je retienne Mimi avant qu'elle ne trouve une excuse pour s'évaporer. Je cherchais les mots pour la relancer mais ce fut elle qui reprit la parole en me posant une question inattendue.

« Tu sais à quel âge s'est marié ton grand-père ? »

Je réfléchis : elle avait quatorze ans, lui vingt-cinq de plus, il devait avoir…

Elle n'attendit pas le résultat de mon calcul.

« Dix-huit ans », affirma-t-elle.

Mon premier réflexe fut de la contredire mais je me tus, craignant de briser son élan.

« Je vais chercher le dessert », précisa-t-elle en s'appuyant sur la table pour se redresser.

Je lui attrapai le bras maladroitement et, le regard suppliant, lui dis doucement : « Je ne veux pas de dessert, Mimi, continue, s'il te plaît. »

Elle soupira et se rassit.

« D'accord, ma fille. Alors voilà, ton grand-père s'est marié une première fois bien avant moi. »

Je l'ignorais totalement. Et ce que je savais encore moins, c'était que Papiel, ce jeune berbère sans parent, sans la moindre autorité au-dessus de lui, n'avait pas choisi sa première épouse parmi les vierges à marier de la communauté. Non, à dix-huit ans, il fut séduit par une femme mariée et de dix ans son aînée.

Comme pour justifier cette union atypique, Mimi déclara : « Il n'était personne à l'époque, sans argent, sans père ni mère, il ne pouvait pas prétendre à une jeune épouse, bien dotée et éduquée. »

J'appris plus tard qu'il ne fallut pas longtemps à Papiel pour succomber au regard bleu de cette voisine qu'il croisait tous les jours dans la même bâtisse, au cœur du mellah. Elle vivait au premier étage avec son mari, et Eliahou au rez-de-chaussée dans une minuscule pièce aveugle avec sa sœur Tamou, les deux autres s'étant mariées.

Mimi me fit comprendre à demi-mot que l'histoire avait fait grand bruit dans ce quartier de juifs observants. Les rabbins avaient même été convoqués pour constater l'adultère. Malgré le scandale, les deux amants avaient fini par se marier.

Je fus surprise car les lois de la Torah sont très claires en cas d'adultère avéré : non seulement l'épouse ne peut plus demeurer avec son mari, mais il lui est en outre interdit de s'unir à son amant. Mon grand-père avait bravé ces diktats.

Comme si elle lisait dans mes pensées, Mimi ajouta, la main sur la joue :

« C'était facile pour lui, il n'avait pas de famille pour s'opposer à ce mariage. Dans le mellah, tout le monde en parlait, mais le temps a passé et ils ont oublié.

— Tu habitais dans le mellah, toi aussi ?

— Oui, ma fille, j'étais enfant. »

Pourquoi personne n'avait pris la peine de me parler de cette première vie de mon grand-père ? Et pourquoi Mimi me l'annonçait-elle comme un drame ?

J'avais eu jusqu'à présent l'image d'un homme pieux, respectable, mature, qui avait épousé une très jeune femme pour se ranger. Et elle me décrivait un être courageux, audacieux et d'un romanesque qui m'attendrissait.

Le téléphone fixe retentit à nouveau, longtemps, puis cessa. Pendant un court instant le son résonna dans la pièce. Puis il reprit, le volume semblait encore plus fort. D'un léger mouvement de menton, Mimi finit par m'autoriser à aller décrocher. Je soulevai le lourd combiné gris. Une voix familière, mais totalement inattendue : Colin ! Comment diable cet énergumène s'était-il introduit dans le téléphone de ma grand-mère ?

« Figurez-vous que je suis avec vos parents ! » s'exclama-t-il, lyrique.

Piégée, je pris place sur le petit fauteuil en velours tout près, en observant, désemparée, Mimi qui commençait à débarrasser.

Ma mère se fit entendre : « Comme tu ne réponds pas à nos messages, nous sommes venus voir Colin directement sur place. »

Puis mon père, à ses côtés, chuchota comme si personne ne pouvait l'entendre : « Très efficace, Colin, et sympathique. »

Colin reprit : « Voilà, avec votre charmante maman, nous nous demandions : souhaitez-vous ajouter des tiroirs à l'anglaise ? »

Excédée, je lâchai un :

« Je ne souhaite rien. Faites comme vous voulez.

— Bien, bien », répondit Colin, ravi de ce blanc-seing.

Je précisai aussitôt, craignant qu'il ne voie là une bonne occasion d'exploser les tarifs : « En restant dans le budget qui vous est alloué, bien entendu. »

Sa déception était palpable mais il continua de déblatérer son charabia technique pendant que je m'impatientais.

« Comme je l'expliquais à vos parents, vous disposerez de retenues de blocage en position fermée et de capacités de charge élevées grâce à un mécanisme à ressort…

— Ça a l'air très bien, ça ! s'écria ma mère, emballée.

— … et cerise sur le gâteau, le mécanisme d'amortissement permet de fermer le tiroir silencieusement et en douceur, très pratique quand on a des enfants qui vont chercher à ouvrir les tiroirs de cuisine avec leurs petits doigts…

— Passez-moi mon père, lui ordonnai-je sèchement.

— Très très gentil, votre père. Une crème. Ah, je ne le vois plus ! Je vais le chercher, il se promène dans les allées. »

Sous mes yeux, Kabira débarrassait silencieusement ; elle posa délicatement sur son plateau les assiettes maculées et le plat rond dans lequel baignaient les pommes de terre, enrobées de sauce brune gélifiée. Elle emporta le tout entassé dans un équilibre précaire tandis que Mimi effectuait de grands gestes circulaires avec son éponge pour effacer les dernières traces du déjeuner.

J'attendis de longues minutes pendant lesquelles je perçus la voix de Colin résonner dans le micro du magasin et appeler mon père par son prénom comme pour retrouver un enfant perdu.

J'étais à bout.

Il prit enfin l'appareil, essoufflé d'avoir couru dans les dédales de Cuisiland : « Ma fille, ne t'inquiète pas, on est là. Ta mère a remplacé le carrelage en briques de ta crédence par de la faïence blanche, lisse. C'est beaucoup plus facile à nettoyer, tu verras. »

J'entendis ma mère derrière.

« Arrête, c'est une surprise ! »

C'était le seul élément que j'avais choisi, au grand dam de Colin ; j'avais aimé ce style new-yorkais que cela conférait à la pièce. Mais je me retins de relever. Ma fuite méritait bien cette ingérence.

J'entrai dans le vif du sujet.

« Papa, pourquoi tu ne m'as jamais dit que ton père avait été marié avant Mimi ?

— Et voilà… tu as des choses importantes à régler, une maison à aménager, cette cuisine qui ne va apparemment pas être une mince affaire et, toi, qu'est-ce que tu fais ? Tu perds ton temps à remuer de vieilles histoires ! se lamenta-t-il.

— Je veux juste savoir pourquoi tu ne m'en as jamais parlé, insistai-je.

— Pour quoi faire ? »

Encore une fois, je me retins de relever.

« Colin a eu la gentillesse de t'offrir les frais de livraison, et je lui ai promis que tu allais lui dégoter un stage pour son petit frère qui rêve d'être journaliste. »

Voilà, ça, c'était mon père. Il était capable d'écouter les doléances d'un inconnu, de se plier en quatre pour lui rendre service, mais je pouvais toujours courir pour qu'il réponde à mes questions. Sachant que je n'aurais rien de plus de sa part, j'écourtai notre conversation.

Seule, assise sur ce fauteuil bas aux pieds arqués, je songeai à cette première femme, forcément morte puisqu'elle était plus âgée que Papiel. Avait-il eu des enfants avec elle ?

L'idée de découvrir l'existence d'oncles ou de tantes cachés excitait ma curiosité. Je me frottai les mains : finalement, cette histoire se révélait plus captivante que dramatique.

15.

Le reste de l'après-midi s'écoula paisiblement. Mimi s'était retirée, tandis que de mon côté je ne parvenais pas à travailler dans la salle à manger. Peut-être était-ce un prétexte mais j'avais l'impression que ce lieu trop lourd de souvenirs ne cessait de soulever de nouvelles questions qui me taraudaient.

De retour dans ma chambre, je me fabriquai un espace réconfortant à l'aide de quatre gros oreillers moelleux. Ainsi calée, je pus me lancer dans ma rédaction. Enfant, je construisais des cabanes avec ces mêmes coussins et m'inventais des mondes.

Le souvenir de M. Assaban, mon vieux professeur de français au lycée, me revint. Il s'agaçait de mes hésitations, de mon besoin de relire, de corriger, de triturer, de malaxer mes textes avant de rendre enfin ma copie dans l'urgence et dans un état de stress aigu.

Je l'entendais encore me répéter :

« Si tu n'as pas d'idée, écris que tu n'as pas d'idée ! Mais écris ! Sors tout, je trierai après. Je ne te jugerai pas !

— Peut-être mais, moi, je me juge, lui avais-je répondu crânement.

— Tu es une bagnole à quatre vitesses et tu roules toujours en première ! » m'avait-il lancé.

À l'époque, j'avais levé les yeux au ciel. Aujourd'hui, je me dis qu'il devait certainement m'apprécier pour m'engueuler ainsi.

En songeant très fort à M. Assaban, qui ne devait plus être de ce monde, je me plongeai tête baissée et esprit délié dans l'écriture des sketchs pour Michelle en transcrivant sans filtre tout ce qui me traversait. Au bout de trois heures, j'avais imaginé un scénario et demi. Ma satisfaction d'avoir avancé fut vite ruinée par la perspective d'en rédiger dix et demi de plus.

La tentation de capituler était forte. Mon côté défaitiste travaillait à plein régime : il m'était possible de trouver une excuse à Michelle, de prétexter d'autres propositions, d'inventer un état maladif, ou tout simplement d'avouer mon incompétence… Voilà ! Je n'étais pas à la hauteur de cette tâche, elle se trompait sur ma personne, je serais démasquée et mon incapacité apparaîtrait au grand jour.

Au cœur de mes élucubrations, je me souvins soudain d'un magazine en ligne pour lequel j'avais travaillé quelques années auparavant. Je tenais une rubrique sobrement intitulée « Dix conseils », qui pouvait traiter de sujets aussi variés qu'« organiser un anniversaire d'enfants » ou « détecter un pervers narcissique ». Je n'étais experte dans aucun des domaines mais il me suffisait de compulser des ouvrages spécialisés dont je synthétisais les grandes idées pour produire un article léger et formaté, pouvant « être lu vite fait dans les transports en commun », dixit la créatrice du site.

Ironie du sort, c'est à moi que revint la rédaction de « dix conseils pour se débarrasser du syndrome de l'imposteur ». Ironie de cette ironie : aujourd'hui, ayant complètement oublié son contenu, je me retrouvais à chercher ma chronique sur Internet afin de suivre mes propres conseils.

« Vous avez l'impression de ne pas mériter ce qui vous arrive, de ne pas être à la hauteur ? » avais-je titré en préambule. Je lus attentivement tout mon texte et le trouvai plutôt bien fait, je fus particulièrement séduite par le conseil d'une spécialiste que je me félicitai d'avoir mentionné. « Doutez de vos doutes » ; utiliser mes tares pour combattre mes défauts, cette idée retorse m'amusa beaucoup. J'allais en faire mon mantra, « le moindre doute sera remis en doute ! » me suis-je promis en refermant mon ordinateur. C'en était assez pour la journée. Je me levai pour vérifier que Mimi était réveillée de sa sieste.

Mon regard fut attiré par la clé toujours sur le pan central de l'armoire. Ouvrait-elle également les deux autres portes ?

L'oreille tendue, je sondai le silence de l'appartement. Aucun bruit. Je m'emparai de la clé, l'introduisis dans la serrure de droite et, le cœur battant, la fis tourner précautionneusement. Bingo ! Elle se déverrouilla sans résister.

Le contenu n'était pas à la hauteur de mes palpitations : cinq étagères, bourrées à craquer de nappes et de draps repassés, pliés, sentant bon la lessive et classés par couleur.

Devant ce rangement digne du rayon « blanc » d'un grand magasin, je me mis à complexer : je n'avais jamais réussi de ma vie à dompter un drap-housse. L'élastique finissait toujours par rebiquer, alors je roulais rageusement le drap en boule et le fourrais dans le capharnaüm de mon placard.

En glissant ma main entre les paquets de tissu amidonné, j'espérais buter sur un indice de quelque chose, sans succès. La porte de gauche me donna plus de difficultés. Je dus m'y reprendre à trois fois pour la faire céder. Elle émit un long grincement plaintif, tel un bâillement après un long sommeil. L'intérieur était quasiment vide.

Une odeur semblable à celle d'un vieux livre me piqua les narines. Sur l'étagère du milieu, une pile de vieux *Paris-Match* dont celui du dessus annonçait la mort de Romy Schneider. L'étagère centrale était occupée par trois boîtes à chaussures. En soulevant le couvercle de l'une d'elles, je découvris ce qui devait être les carnets de comptes de mon grand-père. Des centaines de bouts de papier jauni, flétris, où étaient griffonnées des listes de chiffres. Des pages et des pages arrachées à des cahiers ou parfois des feuilles de journal en arabe annotées en hébreu dans les marges blanches.

La deuxième boîte était imprégnée d'une forte odeur de naphtaline. Une vingtaine de cravates enroulées sur elles-mêmes, toutes dans les tons de bleu.

Le contenu de la troisième était plus hétéroclite : une loupe au manche en bois sculpté, plusieurs kippas emboîtées. Une photo de mon grand-père au côté d'un homme du même âge posant fièrement devant ce qui semblait être une échoppe. Au dos, une date au crayon : 1948.

Au fond de la boîte, une autre boîte, toute petite, en carton doré, maintenue fermée par des élastiques qui se disloquèrent quand je tirai dessus.

À l'intérieur, sous une épaisse couche de ouate, deux anneaux en or tenant l'un dans l'autre et des boutons de manchette que je reconnus immédiatement. Papiel les arborait les jours de shabbat et de fête.

« Qu'est-ce que tu cherches ? » fit la voix de Mimi derrière moi.

Mon cœur bondit dans ma poitrine. Je n'avais entendu ni ses pas ni l'ouverture de la porte. De stupeur, je laissai échapper la boîte qui tomba à plat par terre dans un claquement.

Les yeux ronds, la bouche entrouverte, je regardai Mimi, hébétée. Elle me sourit, ramassa l'objet et s'assit sur le rebord du lit. Elle remit le contenu en ordre à l'intérieur et saisit les deux anneaux dorés entre son pouce et son index en me les montrant l'air entendu.

Je me posai près d'elle.

« C'était qui, cette femme ? Ils ont eu des enfants ? demandai-je.

— Non, ma fille. »

Je pouvais faire une croix sur d'éventuels oncles ou tantes cachés. La déception me gagna. J'espérais secrètement la résolution d'un mystère pour justifier cette impression de non-dit qui planait depuis mon enfance.

« Tu la connaissais ?

— Oui, très bien. »

Elle me fixa comme pour observer ma future réaction et ajouta :

« Et, toi aussi, tu la connais bien.

— Quoi ?! »

Je me tus pour la laisser m'expliquer.

« Tu te souviens de Hassiba ?

— Euh, oui… »

Le souvenir d'abord flou se précisa. Je voyais des yeux bleu acier enchâssés telles des billes au milieu d'une peau mate et fripée, ainsi qu'un menton tremblotant.

« Ton arrière-grand-mère, enfin, c'est ce qu'on te disait », poursuivit Mimi.

Je me rappelais sa présence discrète les jours de fête. Elle s'asseyait invariablement au bout d'une des banquettes, dissimulée derrière le meuble radio en acajou.

Je savais qu'elle était là, mais il fallait que mon père me somme d'aller la saluer pour que je m'exécute, à contrecœur. Je n'aimais pas l'embrasser. Je devais m'agenouiller tant elle était recroquevillée. J'effleurais alors rapidement le velouté de sa peau parcheminée où pointaient quelques poils drus et piquants. Un vague sourire défigeait son visage hachuré de rides, puis elle baissait de nouveau le regard, et c'était là le seul contact que j'avais avec elle.

Je ne m'étais jamais attardée sur cette question mais il est vrai que c'était une arrière-grand-mère

« hors sol » puisqu'elle n'était pas la mère de Mimi et encore moins celle de Papiel.

« C'était la femme de Papiel ? »

Mimi acquiesça.

Au repas, elle était attablée entre Mimi et Papiel, légèrement en retrait, et mangeait sans couverts du bout de ses doigts petits et fins.

Le tumulte familial et les vagues de rires achevaient de flouter les contours de cette dissonance familiale. Pourquoi ces mensonges ?

Kabira passa une tête par l'entrebâillement de la porte et claironna : « Madame Mimi, c'est bon, les étoiles sont là. »

En réponse à cette annonce poétique, Mimi déclara : « Shabbat est fini. »

Je revis Papiel sur le balcon le samedi, au crépuscule, la tête penchée en arrière, guettant l'apparition de trois étoiles dans le ciel. Mimi allumait les lumières et posait un plateau sur la table où étaient disposés un verre de vin, une bougie tressée et des feuilles de menthe. Mon grand-père récitait alors la prière qui prononçait officiellement la fin de ce jour de repos et le retour aux activités de la semaine.

Je fus émue de constater que la tradition était toujours vivante grâce à Kabira, jeune femme musulmane, qui, avec naturel et respect, se chargeait de cette vérification pour Mimi.

À son signal, Mimi avait réitéré les gestes de jadis, l'appartement retrouva sa luminosité et, face à la flamme de la bougie, elle prononça une bénédiction à voix basse. Elle me tendit ensuite un petit bol contenant des branches odorantes de Nahnah.

« Renifle fort, m'ordonnait mon grand-père en frottant les herbes sous mon nez. L'odorat, c'est le sens de l'âme, disait-il. Ce parfum, c'est pour la consoler de devoir retourner à la vie normale. »

Des années plus tard, en humant à pleins poumons cette odeur fraîche et sucrée, je retrouvai la signification de cette prière que j'avais désapprise. La havdalah, littéralement « différenciation », marquait ce passage d'un état à l'autre, du shabbat à la semaine, du jour à la nuit, du sacré au profane, du repos au travail.

J'avais cruellement manqué de cette notion ces dernières années. Tout se confondait avec tout, les jours s'enchaînaient et se ressemblaient ; j'éprouvais à cet instant le besoin criant d'y remettre du rite et du rythme. « Du sacré », ai-je conclu pour moi-même, le cœur serré.

16.

Nous dînions dans le salon d'une assiette composée par Kabira des restes du dîner de la veille. La télévision allumée sans le son projetait les informations.

« Tu n'as pas prévu de sortie, ce soir, ma fille ? »

La question me prit de court. Il est vrai que j'étais là depuis presque quarante-huit heures et je n'avais pas mis le nez dehors.

« Tu as encore des amis à Casa ? »

Sans attendre ma réponse, elle poursuivit : « Appelle-les, va te détendre. »

Je n'imaginais pas une telle suggestion de sa part, d'autant qu'elle avait été prononcée sur un ton plutôt péremptoire.

J'avais encore quelques connaissances sur place mais je redoutais d'annoncer mon deuxième échec conjugal aux mêmes qui avaient déjà été catastrophées par le premier.

Elle insista : « Promets-moi que tu vas prendre du bon temps, ce soir. Je ne veux pas te voir déprimée. »

Je sentais que je devais obéir à son ordre de distraction mais, avant d'accepter, je voulais en profiter pour lui demander une contrepartie : « Tu me racontes la suite sur l'ex-femme de Papiel, et je rejoins mes amis, promis. »

Elle chaussa ses lunettes, qui pendaient au bout d'une chaînette dorée, et fixa le cadran de sa montre.

« Alors vite, je ne veux pas que tu partes trop tard. »

Satisfaite de ma manœuvre, j'acceptai le marché en acquiesçant énergiquement.

Elle retira ses lunettes qui dévalèrent mollement sa poitrine. La tête baissée, elle marmonna à voix basse des phrases inintelligibles comme si elle énumérait les éléments qui composeraient son histoire. Elle se redressa enfin, frotta ses paumes contre ses cuisses, prit une grande inspiration et se lança : « Déjà, ce n'était pas son ex-femme. Ils n'ont jamais divorcé. »

Cette fois-ci, pas de préambule, pas d'avertissement : des mots clairs, sans ambiguïté. Mon cerveau refusait de traiter l'information et s'échauffa durant quelques dixièmes de seconde, afin de trouver une logique acceptable à ces propos. En une phrase, Mimi leva le doute sur ce que je n'osais imaginer.

« Ton grand-père nous a épousées toutes les deux. »

Complètement tétanisée, je restai muette un instant puis émis finalement un faible :

« Tu veux dire que… »

— Voilà, exactement. »

Mon corps s'était tendu, je me mis à fouler fiévreusement la haute laine du tapis berbère et à tourner autour du plateau en cuivre de la table basse. J'étais sonnée et bizarrement soulagée. Une chape s'était envolée, et tout s'expliquait.

Mimi attendit que je me rasseye et lui fasse signe d'un hochement de tête pour poursuivre. D'une voix saccadée, elle se lança dans une chronique détaillée de l'ascension professionnelle et sociale de Papiel – ce n'était pas le cœur du sujet, et j'en savais déjà beaucoup sur la vie de mon grand-père, mais je l'écoutai docilement. Grâce aux quelques deniers que Hassiba avait apportés au ménage, Papiel avait pu laisser de côté les petits boulots fantaisistes, mais n'abandonna jamais son rôle d'amuseur qu'il continua d'exercer par plaisir. Il avait investi ce pécule dans une minuscule échoppe où il vendait du vin cacher et de l'eau-de-vie. À force de travail acharné, il put agrandir son magasin pour y vendre des produits de droguerie, des outils, de la peinture et, preuve de réussite ultime pour Mimi, il avait quitté l'indigence du mellah afin de s'installer dans le quartier plus chic de la médina.

Tout au long de son récit, elle tenait à préciser que l'union avec Hassiba avait un intérêt pécuniaire. Était-ce pour valoriser son propre mariage avec un homme qui avait déjà une bonne situation ?

Ces considérations m'importaient peu, j'étais avide de détails plus intimes ; je tentai d'aller sur ce terrain en demandant de but en blanc : « Et toi, tu l'as rencontré comment ? »

Elle regarda de nouveau sa montre puis se tourna vers la télé qui diffusait une publicité pour de l'eau pétillante – Oulmès, le Perrier marocain – en continuant de m'observer du coin de l'œil. Je la sentais fébrile, embarrassée ; il était évident que ma présence lui pesait.

Kabira, enjouée, apparut dans l'encadrement de la porte, tenant une assiette de mandarines. Je fis mine de ne pas voir Mimi lui faire les gros yeux en me désignant discrètement. Kabira posa le plat et détala.

Sur l'écran, un générique en arabe défila sur un fond rouge aux effets moirés pour un résultat kitsch à souhait. Apparut alors un homme en smoking, chevelure ondulée noir de jais, sourcils dessinés tout aussi noirs, que je reconnus immédiatement : Farid El Atrache.

Mimi laissa échapper un « oh » émerveillé quand ce dernier, entouré d'un orchestre, se mit à dodeliner gracieusement pour entonner une chanson de sa voix envoûtante, tout en jouant du oud. Je savais qu'elle adorait en secret les chanteurs romantiques, et Farid était son préféré.

« Tu veux que je monte le son ? la questionnai-je en la voyant se pâmer devant le beau ténébreux.

— Non, pas la peine ! »

Elle m'arrêta d'un geste de la main puis haussa les épaules pour feindre le détachement.

J'aurais tellement voulu l'encourager à sortir d'elle-même, lui dire qu'elle n'avait pas à être gênée, surtout avec moi, sa petite-fille qui l'aimait et qui ne la jugerait jamais. Mais une pudeur d'un autre type, la mienne, tout aussi ridicule, m'en empêcha.

À présent, je comprenais pourquoi elle souhaitait tant que je sorte. Elle préférait passer une soirée tranquille avec Farid ! Et visiblement, Kabira, qui faisait les cent pas dans le couloir, était de la partie.

J'observai Mimi à la dérobée : elle trépignait comme une petite fille. Je n'obtiendrais plus rien d'elle, et je pressentais qu'il ne suffisait pas d'aller m'enfermer dans la chambre pour qu'elle se sente libre de regarder son émission. La mort dans l'âme et sans savoir où j'irais, je me levai, et, l'air faussement enthousiaste, m'exclamai : « Bon, moi, je vais sortir ! »

17.

« Si je comprends bien, ton grand-père était bigame. C'est ça ? »

Bigame. Je pris ce vocable en pleine figure.

« Oui, il avait deux femmes », avais-je reformulé, espérant vainement que cela atténuerait le choc.

Je me trouvais face à Éric, l'homme de l'avion.

« C'est la même chose ! » s'exclama-t-il en riant.

Rechignant à sortir toute seule dans un Casablanca que je ne connaissais plus, j'avais retourné ma chambre que Mimi avait si bien rangée pour chercher sa carte de visite, et l'avais finalement dénichée à l'intérieur de mon passeport.

« Si vous êtes libre ce soir, je le suis aussi », lui avais-je écrit sans plus de circonlocution. Ce n'était pas dans mes habitudes d'être si directe mais il fallait que je débarrasse le plancher. Pas seulement pour laisser le champ libre à Mimi mais aussi parce que ses dernières confidences m'avaient secouée. J'avais besoin de m'aérer l'esprit.

Éric avait immédiatement répondu à mon message par un simple « Oui ! », suivi d'une adresse : le bar de son hôtel dans le centre-ville.

Trente-cinq minutes plus tard, je poussais la porte du Bogart, pleine d'appréhension. L'endroit, désert, baignait dans une lumière vaporeuse aux tons pourpres ponctuée par les flammes vacillantes de fausses bougies posées sur les tables. Sur les murs tapissés de velours violet étaient accrochés d'imposants posters en noir et blanc d'Humphrey Bogart et d'Ingrid Bergman dans le film *Casablanca*. Un piano à queue automatique, trônant au milieu de la salle, jouait un air de jazz que mon ex-mari m'infligeait régulièrement au réveil.

J'étais furieuse contre moi-même, et des questions me taraudaient. Que fais-tu dans cet endroit ringard ? Pourquoi avoir rejoint cet inconnu ? Que penserait Mimi s'il t'arrivait quelque chose ? Et les enfants… La tentation fut grande de prendre mes jambes à mon cou, mais pour aller où ?

Au fond de la salle, l'unique client, Éric, confortablement assis dans un fauteuil club, m'attendait. Son sourire bienveillant dissipa légèrement mes doutes, et je me dirigeai vers sa table d'un pas plus assuré.

Il se leva pour m'accueillir et attendit galamment que je prenne place pour s'asseoir à son tour. On était loin du morne costume gris de l'avion. Il portait un jean bleu ciel et un T-shirt noir floqué de « *Born to Rock* » inscrit en lettres gothiques dorées, qui me donna de nouveau envie de m'enfuir.

Il m'observa un court instant derrière ses fines lunettes cerclées d'argent. Je m'étais apprêtée à toute allure. Un coup de brosse sur ma chevelure gonflée d'humidité, un aller-retour de rouge pétant sur mes lèvres et j'avais sauté dans un taxi.

« Je ne pensais pas que vous m'auriez contacté.

— Moi non plus, lui répondis-je du tac au tac.

— Que voulez-vous boire ? Je sens que vous avez besoin d'un bon remontant. »

Le ton était direct. Aussi je ne fis aucune coquetterie et acquiesçai en lui demandant de choisir pour moi.

« Coteaux de l'Atlas, rouge », intima-t-il au serveur sans regarder la carte.

Il rompit le silence qui suivit en joignant ses larges mains rassurantes et en prononçant d'une voix douce : « Une petite mise au point préalable. Je suis marié. J'aime ma femme et je lui suis fidèle. Elle sait que je vous vois ce soir. Nous nous accordons la liberté de nous lier d'amitié et d'affection à d'autres dans la plus grande transparence. »

Il avait débité son monologue d'un trait, à la manière des précautions d'emploi pour les médicaments dans les pubs radio. Je ne savais que répondre. J'étais vexée de me retrouver en position de demandeuse alors que j'avais failli me sauver en arrivant.

« Et moi qui avais cru à un coup de foudre ! » lui dis-je, jouant la demoiselle outragée.

Il blêmit. J'enfonçai le clou.

« J'avais tout organisé pour vous séduire ce soir, regardez. »

Je désignai ma robe froissée, une tache de sauce sur le col Claudine. J'ébouriffai ensuite mes cheveux pour faire tomber une mèche folle sur mon front : « Et ma coiffure, du meilleur effet ! »

Son visage inquiet s'illumina et il éclata d'un rire sonore.

« Ouf ! Vous m'avez fait peur ! Vous êtes vraiment drôle ! Mais ne vous dénigrez pas, vous êtes très séduisante. »

Je haussai les épaules.

« C'est gentil... »

Il me semblait étrangement familier. Je poussai un long soupir et lâchai sans réfléchir :

« Je ne sais plus trop où j'en suis. Je suis un peu perdue.

— Vous êtes perdue mais ça ne vous empêche pas d'avancer visiblement, me dit-il, de la malice dans les yeux.

— Que voulez-vous dire ?

— Vous prenez l'avion en plein divorce, vous rejoignez un parfait inconnu dans un bar, tout ça en acceptant un nouveau défi professionnel… Vous êtes une fonceuse, ça se voit. »

J'ouvris la bouche d'étonnement. On ne m'avait jamais dit cela. J'avais l'impression d'être confuse, indécise, molle, et cet homme, avec qui j'avais échangé des banalités, me renvoyait une image de moi qui me paraissait irréelle.

« En gros, vous ne savez pas où vous allez mais vous y allez à fond », conclut-il en riant.

Des réminiscences de cours de Torah me revinrent alors.

« Ça va vous sembler étrange mais ce que vous dites me fait penser à un passage de l'Ancien Testament… »

Il leva un sourcil intéressé.

« Quand Dieu a voulu remettre les Dix Commandements aux Hébreux, leur réponse fut simplement : "Nous ferons et nous entendrons." »

— L'action d'abord, la compréhension après. C'est ça ? me demanda-t-il.

— Exactement ! »

Je n'en revenais pas qu'il comprenne aussi bien ce que j'avais voulu dire, j'ajoutai :

« Je crois que je suis de cette école.

— C'est fou, moi aussi ! répondit-il tout excité. Alors, je suis moins érudit que vous, j'ai un peu honte, mais je vais vous montrer quelque chose… »

Il fouilla dans sa poche et brandit un porte-clés en caoutchouc noir. Sous la fameuse virgule rouge de la marque Nike, il pointa du doigt le slogan « *Just do it*[1] » : « C'est mon mojo ! Pas besoin de trop réfléchir, il faut agir, le sens vient après. »

J'étais décontenancée mais je lui lançai tout de même : « C'est vrai que ça se ressemble ! »

Malgré cette référence très… basique, j'appréciai son pragmatisme et la fluidité de notre conversation.

Après deux verres de cet excellent vin marocain qu'il me fit découvrir, nous passâmes tout naturellement au tutoiement. Pendant que je lui racontais dans les grandes lignes les révélations de Mimi, je sentais la colère monter en moi.

« J'en veux à mon père de me l'avoir caché. À ma mère aussi, elle était forcément au courant. Pourquoi ces mystères bidon ? Ça n'a aucun sens… »

J'étais au bord des larmes.

« Si ça se trouve, j'ai raté mes deux mariages à cause de cette atmosphère de non-dit…

— Mais non, mais non, ce n'est pas aussi simple », murmura-t-il en me tapotant gentiment la main.

1. « Fais-le, c'est tout. »

Lorsque j'avalai mon troisième verre, mon cerveau commença à s'embrumer.

« Désolée, je n'ai parlé que de moi.

— Non, tu as parlé de ta famille, pas de toi. »

Puis il adressa un geste discret au serveur pour qu'il apporte l'addition.

« Touché. Tu es vraiment *khfif.* »

Il fronça les sourcils.

« C'est un compliment, ça veut dire "vif", "intelligent", en arabe.

— Je confirme ce que dit Madame », lança le serveur derrière moi, qui s'empara de la carte de crédit d'Éric.

Nous nous retrouvâmes dehors sur le trottoir. Éric héla une petite voiture rouge qui pila devant nous, vitres grandes ouvertes et musique à fond. Il me donna une chaste accolade et ouvrit la portière.

« Je suis encore là quelques jours, on peut se revoir si tu veux. Je veux connaître la suite ! »

Je le vis tendre un billet de cinquante dirhams au chauffeur puis pointer du doigt l'autoradio pour qu'il l'éteigne. Ce qu'il fit immédiatement. Cette attention quasi paternelle me rasséréna. Je fermai les yeux sans dormir durant le court trajet.

En entrant dans l'immeuble plongé dans le noir, une odeur âcre de cigarette brune me souleva le cœur. Dans la pénombre, un point rouge incandescent s'illumina. Le vieux Cheradi fumait, assis sur une marche. Sans le voir, je sentais son grand sourire.

« Trop chaud pour dormir », se justifia-t-il.

Il alluma la lumière en tournant le gros bouton de la minuterie qui émit un tic-tac oppressant. Je ne devais pas avoir l'air très fraîche car le concierge me détailla avec des yeux inquiets quand je me lançai à l'assaut des quatre étages.

La minuterie s'éteignit à mi-parcours et j'eus toutes les peines du monde à trouver les bonnes clés pour ouvrir les quatre serrures fermées à double tour.

À l'intérieur, seule la lumière bleutée et tressautante de la télé filtrait par l'entrebâillement de la porte du salon. Je passai discrètement une tête. Kabira, cheveux dénoués, était assise à même le tapis, adossée à la banquette. Mimi, une assiette sur les genoux, découpait une mandarine. Elle mangeait un quartier puis en donnait un à Kabira sans qu'elles aient besoin de se regarder. Toutes deux fixaient l'écran avec les mêmes yeux émerveillés, le même sourire aux lèvres.

18.

Neuf heures. J'avais dormi d'une traite. Aucun bruit matinal quotidien n'était parvenu à troubler mon sommeil de plomb. Je m'étirai d'aise avec une sensation exquise de légèreté.

Circonspecte, je tournai la tête plusieurs fois, à gauche, à droite, comme pour signifier de grands « non », puis de haut en bas pour de grands « oui ». Je ressentais moins de blocages à la nuque, mon dos était plus souple, mes bras, mes jambes plus légers. J'avais l'impression d'être au lendemain d'une maladie infantile, où le corps est harassé mais débarrassé de ses douleurs. Je me surpris à sourire toute seule. J'allais mieux.

J'en attribuai le mérite à ce moment passé avec Éric.

Pour la première fois, j'avais exprimé le non-dit de ma famille à quelqu'un d'extérieur et aucun drame ne s'était produit. J'étais certaine que cette prise de parole m'avait libérée. Pas de mystère ni de sous-entendu dans notre conversation. Pas de jugement. Quand bien même cet homme était un inconnu, ce sentiment nouveau de me confronter à la vérité m'exaltait.

Cette loi du silence avait sans nul doute induit une retenue dans mon rapport aux autres. Je ne savais pas ce que l'on me cachait mais je sentais qu'il fallait que je le cache à mon tour. Un exercice à l'aveugle qui m'obligea souvent à rester sur mes gardes en société et à ne pas trop en dire, ou alors, à plaisanter.

Je vérifiai mon téléphone et constatai, soulagée, que les pères de mes enfants ne s'étaient pas manifestés. Un seul message, plutôt long, de ma mère qui ne m'écrivait jamais.

« Ma chérie,

Nous avons fait un saut à ton appartement pour préparer l'arrivée des ouvriers demain matin.

Quel bazar ! On a passé l'après-midi à tout ranger, avec ton père. Tu verras, c'est le jour et la nuit ! C'est normal que tu n'aies pas installé de rideaux aux fenêtres ? Ton père pense que tu dois y remédier de toute urgence. Tu as quand même un sacré vis-à-vis, tout le monde peut savoir ce qui se passe chez toi. J'ai pris les mesures, ne t'inquiète pas. »

Pressentant que ma bonne humeur s'apprêtait à s'estomper, je pris une grande inspiration avant de poursuivre.

« En ce qui concerne les questions que tu te poses sur tes grands-parents, ton père ne dit rien mais il est très inquiet. Mimi est une vieille dame, laissons-la vivre paisiblement les dernières années qu'il lui reste. J'ai fait promettre à Papa de tout te raconter à ton retour. Inutile de remuer tout ça.

Profite plutôt du soleil et de la plage. D'accord ?

Maman

P.-S. : J'ai vu que tu n'avais pas de bulgomme pour protéger ta table, je t'en ai acheté un, il est sublime ! »

Comment pouvaient-ils me demander de me taire ? Depuis les révélations de la veille, les questions défilaient en continu dans mon esprit et je comptais aller chercher des réponses ce matin même auprès de Mimi.

Voulaient-ils m'empêcher de savoir certaines choses ou était-ce réellement pour la ménager ?

Lasse de ces circonvolutions, je tranchai.

« D'accord », lui ai-je simplement écrit.

D'accord à tout. Les rideaux, la plage. D'accord pour laisser tranquille Mimi.

Après tout, je savais l'essentiel ; les détails, je les obtiendrais à Paris auprès de mon père, qui, enfin, libérerait la parole. J'avais eu mon lot d'émotions. Une fois n'est pas coutume, j'allais écouter ma mère et profiter de ces quelques jours pour me reposer ; surtout, j'allais enfin finir mon travail pour Michelle.

Je me redressai dans le lit.

En regardant autour de moi, je constatai que la chambre était de nouveau impeccablement rangée. Les vêtements éparpillés la veille pour chercher la carte d'Éric avaient, comme par enchantement, repris leur position, bien pliés, dans le placard. En rentrant en pleine nuit, toutes lumières éteintes, j'avais laissé tomber ma robe pour me glisser avec délice dans les draps frais et repassés comme dans un palace.

Mon téléphone bipa. Réponse de ma mère : « Magnifique, ton père est soulagé. »

Les trois petits points qui clignotaient longuement m'annonçaient l'arrivée imminente d'un message supplémentaire.

« Mila m'a appelée. Elle dort chez nous ce soir, je crois que ça ne s'est pas très bien passé avec son père. Elle m'a dit de ne rien te dire, donc ne lui dis pas que je te l'ai dit sinon elle ne va plus rien me dire. Mais ne t'inquiète pas ! J'ai appelé Jules pour savoir si ça allait de son côté. En pleine forme ! Figure-toi qu'il va faire un dessin avec son père, une girafe ou un chameau, je ne sais plus. Crois-moi, tu as de la chance qu'il s'en occupe aussi bien. »

En temps normal, je l'aurais appelée sur-le-champ pour avoir les détails de sa conversation avec ma fille, je l'aurais briefée sur ce qu'il fallait dire ou faire. Ensuite, j'aurais téléphoné à Mila en prétendant n'être au courant de rien et, comme par hasard, je l'aurais rassurée sur mon amour inconditionnel et ma présence indéfectible. Ce matin-là, au vu de ce que je vivais ici, je n'avais plus envie de faux-semblant, je voulais avoir une conversation claire et franche avec ma fille dès mon retour.

Sans le moindre scrupule, je décidai de les laisser se débrouiller pendant les quelques jours, quelques heures qui me restaient à Casa. Ce fut plus difficile de lâcher prise à propos de Jules car j'étais persuadée que, pour me punir, son père allait prendre un malin plaisir à dessiner une girafe complètement nulle, sans que j'aie mon mot à dire. Je ne pus m'empêcher de lui écrire un « Tout va bien ? » pour tâter le terrain après son brusque raccrochage de la veille.

Je me levai du lit et tournai la crémone en porcelaine blanche : la fenêtre s'ouvrit d'un coup sec. Une colonne compacte, chaude et sonore remonta de la rue. En face, sur le balcon de sa chambre, Mimi, lunettes de soleil sur le nez, discutait avec Kabira. Celle-ci, en nage, battait vigoureusement le tapis du salon à l'aide d'un ustensile en forme d'immense raquette. Le vacarme des voitures et des mobylettes était tel que je n'entendais ni ce qu'elles se disaient ni les coups portés par Kabira ; je me contentais d'observer le nuage de poussière qu'elle soulevait et qui retombait en pluie fine quatre étages plus bas.

Mimi, assise sur un tabouret très bas, n'en conservait pas moins son port de tête majestueux et semblait suivre de très près le travail éreintant de Kabira. Comment avait-elle encore la force de se soucier de ces tâches ingrates ?

Je refermai pour retourner à la fraîcheur de l'appartement vide et silencieux. En passant dans le couloir pour rejoindre la salle de bains, je me faufilai dans la chambre de Mimi dont la porte était restée entrouverte.

Son univers ne ressemblait en rien à celui d'une vieille dame. Je me serais attendue à pénétrer dans un antre sombre, chargé de vieilleries poussiéreuses, exhalant une odeur de renfermé, un parfum capiteux. Rien de tout cela. C'était une chambre claire et épurée, occupée par un lit une place de conception récente en aggloméré blanc, recouvert d'un boutis lilas et de trois coussins ronds au crochet couleur crème. Contre le mur, je reconnus la vieille machine à coudre Singer protégée par un drap à fleurettes roses laissant voir son piétement en fonte Art déco. Sur le rebord de la fenêtre, entre un bocal rempli de boutons multicolores et une pile de magazines *Modes et Travaux* défraîchis, je fus intriguée – et flattée – de trouver une photo de mon père me tenant dans ses bras, je devais avoir un an. À côté, une feuille de papier où étaient griffonnés des chiffres. En m'approchant, je compris qu'il s'agissait de numéros de téléphone, sans noms. Mon cœur se serra : Mimi savait écrire les chiffres, pas les lettres, comment s'y retrouvait-elle ?

Je jetai un coup d'œil autour de moi. Rien d'écrit, pas de livres, de carnets de recettes, ni de lettres, aucun mot pour consigner des moments de vie ou des idées. Comment conserve-t-on ses pensées quand on ne sait ni lire ni écrire ? Comment être sûr de ne pas les oublier ?

19.

Les deux pieds posés sur les robinets de la baignoire, je savourais la température parfaite de mon bain, le visage et le cou enduits d'un masque « peau neuve » acheté la semaine de ma séparation.

« Si ça picote, c'est que ça agit », m'avait prévenu la vendeuse de Sephora. Le procédé m'avait paru ludique. Une fois que la matière avait séché sur la peau, il fallait retirer la pellicule à la manière d'une pelure, « délicatement ! » avait-elle insisté. « Une mue, en quelque sorte », avais-je songé, en quête de symbolique dans la déshérence qui m'habitait. Naïvement, j'y avais vu comme un signe du destin et avais déboursé l'équivalent d'une semaine de courses pour ce produit miracle.

Les yeux fermés, les premiers picotements commençant à se faire sentir, je m'efforçai de concentrer mes pensées sur l'organisation des heures à venir. J'allais travailler d'arrache-pied sur mon projet durant la matinée et, après le déjeuner, j'irais me promener sur la corniche. « Ce serait merveilleux si Mimi pouvait m'accompagner », me dis-je, ravie de mon idée. J'avais trouvé l'objectif ultime de ma journée : emmener Mimi prendre l'air au bord de la mer.

À travers la porte, la sonnerie du téléphone fixe vint perturber ce moment de détente que j'avais réussi à m'imposer. Je plongeai la tête en arrière dans le bain pour ne plus rien entendre mais la vibration me parvenait encore sous l'eau.

Je comptai une, deux, trois… dix sonneries ! Puis le silence enfin. Pendant trois secondes.

Le bourdonnement reprit encore et encore, obstinément.

Qui pouvait appeler ? Ce ne pouvait être Colin un dimanche… Ni mes parents, je venais de parler avec ma mère par message.

En poussant un soupir d'agacement, je m'extirpai de mon bain, fermement décidée à y revenir aussitôt que j'aurais fait taire l'importun. Une serviette enroulée autour de ma poitrine, je courus ruisselante, sur la pointe de mes pieds mouillés, marquant le sol de petits pas éphémères.

« Oui ? »

J'avais répondu de ma voix la plus exaspérée possible.

« Oh, mais c'est ma nièce préférée ! » s'exclama une voix que je reconnus immédiatement comme celle de Roger, le frère aîné de mon père.

J'avais une affection toute particulière pour cet oncle qui vivait en Suisse et venait régulièrement passer l'été à Casa avec sa famille quand j'étais enfant. Il avait épousé une Suisse-Allemande, beauté sportive et sans artifice, aussi silencieuse que mon oncle était bavard. Ses deux fils adolescents, blonds aux yeux bleus, aux corps musclés, dépassant d'une tête la famille au complet, étaient pour moi d'un exotisme fascinant. Ils ne parlaient qu'allemand et essayaient de suivre nos réunions animées, en hochant la tête, le regard perdu, tout en affichant un sourire bienveillant et amusé.

Nous écoutions, médusés, mon oncle leur traduire patiemment les blagues dans leur langue et, inévitablement, alors que nous n'y comprenions rien, toute la tablée éclatait de rire au moment de la chute en allemand.

Je retrouvai la voix grave et moelleuse de Roger après des années.

« Comment te portes-tu ? Ton père m'a appelé et…

— Oh non ! »

Je le coupai, irritée que mon père envoie à nouveau un émissaire pour colporter ses angoisses.

« Et ce n'est pas le seul, tous mes frères et sœurs m'ont appelé. La dernière fois que c'est arrivé, c'était à la mort de notre père. Tu sais, tu as remué quelque chose. »

Un silence.

« Et tu as bien fait », ajouta-t-il.

Ces mots m'apaisèrent. Depuis deux jours, j'avais l'impression d'être une empêcheuse de tourner en rond.

Il poursuivit en riant : « Alors, évidemment, tu nous connais, chacun m'a dit de ne surtout rien dire aux autres. Dans cette famille, tout le monde sait tout mais aucun ne parle. Je ne jette la pierre à personne, moi aussi je suis... »

Je commençais à avoir froid dans ma serviette, mes cheveux dégoulinaient dans mon dos et mon visage chauffait sous le masque. Je le coupai pour écourter la conversation, quitte à le rappeler plus tard.

« Mimi m'a raconté. Je sais que Papiel avait deux femmes. Ne t'inquiète pas, je vais arrêter de la questionner. Papa me l'a promis : il va tout me révéler. »

Sa réponse me surprit.

« Ce n'est pas une bonne idée.

— Pourquoi ? Je suis sûre qu'il tiendra sa promesse.

— Ça, c'est sûr. Je le connais, même s'il ne parle pas beaucoup, c'est un homme de parole. »

La formule me fit sourire. Je perçus une hésitation avant qu'il ne se lance.

« Ma chérie, dans la vie, nous avons chacun une place. Bonne ou mauvaise, c'est celle où l'on se sent le mieux, la moins inconfortable si tu préfères. Ton père a trouvé la sienne dans le silence, laissons-le à cette place. Il t'a promis de parler pour préserver Mimi. »

À ce nouveau revirement, une colère sourde monta en moi.

De quoi se mêlait-il ? Pour une fois que mon père me donnait la possibilité de l'écouter, je comptais bien profiter de ce privilège ! Je m'apprêtais à lui dire ma façon de penser quand je fus stoppée net par un souvenir incongru, surgi inopinément de ma mémoire – *L'Agent sans secret*, un dessin animé que je regardais enfant. Je me souvins de la phrase que le personnage principal répétait à l'envi : « Si je te disais mon secret, je ne serais plus agent secret. »

Je tentais de chasser cette pensée parasite lorsque je compris enfin : mon inconscient avait fait le lien entre mon père et ce refrain enfantin. Je me répétai la phrase : « Si je te disais mon secret, je ne serais plus agent secret. »

« S'il sortait de son silence, Papa ne serait plus lui-même, ai-je pensé à haute voix.

— Exactement ! Mon frère n'arrive pas à exprimer les choses importantes par la parole. Pourquoi crois-tu qu'il faisait du mime ? » ajouta-t-il en riant, exalté par cette preuve indiscutable qu'il avançait.

Je souris. Il avait raison : avec les expressions de son visage, ses gestes, les postures de son corps, mon père nous parlait comme il pouvait et je pris conscience, avec émotion, qu'il nous avait certainement dit l'essentiel.

« Tu sais, c'est ma femme qui m'a convaincu de te parler. Elle s'est énervée contre moi, c'est la première fois en quarante-cinq ans de mariage. Il était temps ! Je te jure. »

Il éclata de son rire vibrant et sonore. Je ris à mon tour, faisant craquer sur mon visage le masque que j'avais oublié et qui, en séchant, avait pris une texture cartonneuse.

J'avais beaucoup d'estime pour l'épouse de Roger, que nous appelions « Hundeussa », un affectueux sobriquet donné par Papiel car il se désolait de la voir manger aussi peu. Pour cet ancien pauvre, refuser les délicieuses victuailles qui caracolaient sur la table était un sacrilège. Chaque fois qu'il voulait la servir, elle s'exclamait, effrayée par les quantités astronomiques dans nos assiettes : « Juste un de ça et un de ça ! »

Nous ne l'avions jamais appelée autrement.

Roger m'expliqua qu'Hundeussa avait exigé qu'il raconte l'histoire à leurs fils pour qu'ils connaissent leurs origines.

« Mes fils ont été élevés à la suisse par une femme forte et qui ne se laisse pas faire, crois-moi ! Ils sont loin, très loin de ces rites, je ne sais pas comment ils vont le prendre. Je commence par toi, pour m'entraîner, dit-il en s'esclaffant de nouveau. Je me souviens de toi, petite. Tu étais la seule à rester sérieuse au milieu de tous ces rigolos ! Et tu posais des questions… tout le temps.

— Mais personne ne me répondait ! » m'exclamai-je alors qu'à travers la porte vitrée Kabira et Mimi apparaissaient dans le salon, portant le tapis à bout de bras.

Elles levèrent la tête et me fixèrent, l'œil ahuri.

Le combiné dans une main, je leur adressai de l'autre des signes vagues pour tenter d'expliquer ce que j'avais sur le visage. Elles acquiescèrent avec une condescendance qui trahissait leur inquiétude pour ma santé mentale, puis détournèrent le regard pour ne pas me gêner davantage.

« Tu m'entends ? » me questionna Roger pour la troisième fois au bout du fil.

J'étais occupée à observer, inquiète, Mimi et Kabira qui hissaient la lourde table basse et tentaient de la déposer les quatre fers en l'air sur une des banquettes. Je voulus raccrocher pour aller les aider mais Roger choisit ce moment pour prononcer : « Je vais te dire ce que je sais. »

Je me trouvais dans les pires conditions pour recueillir ces confidences si cruciales, mais je sentis à son ton ému et solennel que je ne pouvais décemment reporter cette révélation.

Je jetai un coup d'œil vers le salon : les deux femmes déroulaient le tapis sur le sol tout en me regardant à la dérobée. Elles semblaient réprimer leur rire.

Dans mon imagination, pour un événement important comme celui-ci, j'aurais été bien coiffée, habillée chic mais sobre – chemise blanche, manches relevées, pantalon noir seyant –, à peine maquillée. Assise, les jambes croisées, j'aurais penché la tête avec grâce pour écouter dignement mon oncle narrer cette saga familiale.

Au lieu de cela, je me retrouvais frissonnante dans ma serviette humide, une couche blanche craquelée sur le visage et des cheveux qui, en séchant, avaient quadruplé de volume et avaient tous migré vers le haut de mon crâne.

Je m'assis sur le petit fauteuil, les genoux repliés contre ma poitrine pour me réchauffer.

« Alors… »

Il se racla la gorge puis se lança, le ton grave.

Je fermai les yeux et laissai entrer ses propos dans mes oreilles, telle de la matière brute, sans les traiter, comme pour mieux les enregistrer et les « réécouter » plus tard. Je tenais à me détacher du moindre sentiment, du moindre jugement.

« Notre père avait donc deux femmes. Mimi, ta grand-mère, et Hassiba. Personne ne l'a caché, nous n'avons simplement rien dit. Le silence s'est organisé tacitement entre frères et sœurs. Et aucun de nous n'a transmis cette histoire à ses enfants. Je crois que nous craignions tous que vous ne portiez un avis erroné sur cette situation et sur votre grand-père.

Ce que je vais te raconter, je le tiens de Tamou, notre tante qui vivait avec nous car elle ne s'est jamais mariée.

Papiel a épousé Hassiba à dix-huit ans et l'a aimée jusqu'à son dernier souffle. Je ne sais pas ce que t'a dit Mimi mais, à cette époque, au début du siècle, ce n'était pas chose courante de se marier par amour. Aujourd'hui, je peux t'affirmer que cette femme a contribué à faire du montagnard sans instruction et misérable qu'était mon père un monsieur respectable et prospère. Elle était autoritaire mais aimante, et Papiel était sa raison de vivre.

Au bout de dix années d'un mariage heureux, ils ont dû se rendre à l'évidence : Hassiba ne tombait pas enceinte. Dans le mellah, les esprits malveillants disaient même que c'était une punition de Dieu, à cause de l'adultère qu'ils avaient commis. Papiel était en grand désarroi, il ne pouvait se résigner à ne pas devenir père. Ce n'était pas seulement par devoir religieux, il lui était impossible d'envisager une vie sans héritiers, lui qui fut orphelin à treize ans. Il a tout tenté, m'a raconté Tamou, les prières, les pèlerinages des saints, les guérisseurs, les marabouts, sans le moindre résultat.

Au Maroc, la loi rabbinique autorisait encore un homme à prendre une seconde épouse si la première n'avait pas enfanté au bout de dix ans. Il savait que Hassiba n'accepterait jamais mais, sous la pression des rabbins, il s'est décidé à aborder le sujet. Un cataclysme ! Le pauvre a été pris sous un feu nourri de hurlements, de pleurs et de menaces. Il paraît que Hassiba se lamentait en se griffant le visage. Il a fallu des nuits de tractations. Et finalement, avec douceur, il l'a convaincue que cette seconde épouse "servirait" uniquement à lui donner des enfants, *leurs* enfants.

Dans un premier temps, Rahel, une orpheline sans dot de dix-neuf ans, semblait correspondre en tout point à la mission. Hassiba a mis son veto. Elle craignait de se retrouver en rivalité avec cette jeune fille qui, ayant eu la charge de ses jeunes frères, allait savoir s'occuper de sa progéniture, tenir une maison et préparer les repas. Hassiba voulait que cette deuxième épouse soit plus malléable, moins expérimentée ; elle pourrait ainsi la façonner, pour qu'elle lui soit dévouée et soumise. »

La voix de Roger s'était étranglée.

« Ce n'est pas facile pour moi, parce que c'est de Mimi dont il s'agit. Ma mère. Enfin, celle qui m'a porté. »

Il poursuivit, longtemps. J'en appris bien plus sur le quotidien de cette famille à deux maisons, chez Mimi et chez Hassiba. Deux maisons entre lesquelles Papiel naviguait du mieux qu'il pouvait.

Je m'étais nourrie de ses paroles qui, sans que j'aie le moindre effort à fournir, trouvaient immédiatement leur emplacement dans mon cerveau, dans ma mémoire. Les cases vides se comblaient. Les vérités venaient remplacer les illusions que j'abandonnais sans le moindre regret.

20.

Le long monologue de Roger avait eu raison de mon projet de relaxation car, entre-temps, la baignoire avait été vidée, nettoyée, javellisée, de même que les sanitaires et les carrelages qui luisaient de propreté.

Le masque avait si bien adhéré à mon visage que je dus littéralement l'arracher lambeau par lambeau. Dans le miroir, je constatai que ma peau avait pris une teinte oscillant entre le rose vif et le violet. « Peau neuve peut-être, mais peau à vif surtout », me dis-je, sans savoir s'il fallait en rire ou en pleurer.

J'enfilai un jean et un chemisier propres puis, les cheveux lissés et le visage encore tout rouge, j'allai m'installer sur une des banquettes du salon, munie de mon ordinateur.

Malgré ma résolution de travailler, j'étais occupée à tout autre chose. J'avais décidé de retranscrire, tel un robot, les révélations de Roger. C'était la solution que j'avais trouvée pour « refroidir » émotionnellement ses propos. Sa voix grave résonnant encore dans ma tête, je m'efforçai de consigner ses dires afin de pouvoir les relire en temps voulu avec plus de recul. Au bout d'une heure, dans un état quasi hypnotique, j'avais transféré les éléments de mon cerveau à mon ordinateur.

Je relevai la tête : Mimi était entrée en silence et avait déposé le plateau orange de petit déjeuner sur la table basse. Elle se tenait devant moi et, observant avec satisfaction ma mise soignée, déclara : « Très bien, *benti.* » Elle s'attarda sur mon visage : « Tu as bonne mine, ça fait plaisir. » Je souris ; pour elle, mes joues cramoisies étaient un signe de forme et de bonne santé.

Elle versa le thé le dos plié. C'était la première fois que je l'appréciais dans cette vérité nouvelle, dans ce qu'avait été réellement sa vie, et je mesurais l'abnégation dont elle avait dû faire preuve. Ce matin, ses gestes étaient particulièrement lents. Elle transvasait le thé chaud d'un verre à l'autre plus longtemps qu'à l'accoutumée, afin de le refroidir, comme si elle guettait le moment où j'allais engager la conversation.

La consigne de mes parents me revint en mémoire : « Laissons-la vivre paisiblement les dernières années qu'il lui reste. »

L'air concentré, je me remis donc à pianoter fiévreusement sur mon clavier pour fuir une éventuelle conversation. Le résultat ne se fit pas attendre : « Tu travailles, je te laisse tranquille, *benti* », dit-elle à voix basse avant de s'éclipser.

Une fois la porte fermée, je me sentis honteuse de ce subterfuge. Je connaissais désormais la vérité, et j'entendais l'appréhender sans ces simulacres ridicules. J'entrepris de clarifier cette situation que je commençais à trouver ubuesque en récapitulant posément les faits :

- j'avais pris l'initiative de venir voir ma grand-mère contre l'avis de mon père ;
- Mimi me révélait peu à peu l'histoire de son mariage ;
- pour ne pas la perturber, mon père m'avait promis de s'ouvrir à moi dès mon retour ;
- survenait mon oncle qui, afin de ménager mon père, sa mère et de faire plaisir à sa femme, me révélait la suite.

Je m'interrompis, l'esprit perturbé par ces événements contradictoires.

Et maintenant ? À quoi allais-je avoir droit encore ? Qui allait prendre la relève ? Quel frère ? Quelle sœur ?

« Ridicule ! » me suis-je énervée tout haut.

Et comme si je plaidais face à l'auditoire imaginaire de ma famille, je formulai dans ma tête un réquisitoire enflammé : « Ainsi ma quête légitime de vérité pourrait gâcher les derniers jours de Mimi, voire précipiter sa fin ! Pourquoi chercher à me culpabiliser ? Comme s'il s'agissait d'une simple curiosité mal placée. C'était mon droit de la questionner sur son histoire, qui est aussi la mienne. Et c'était le droit de Mimi de la partager, de la léguer. Vous êtes ma famille, et je vous aime du fond du cœur et, parce que je vous aime, j'ai refusé de céder à cette croyance selon laquelle sortir du silence nous propulserait dans un monde effrayant et hostile. »

Seule, face à mon thé à la menthe froid, j'étais hors de moi. Ce matin-là, plus que jamais, je désirais que Mimi se sente libre et prenne du bon temps.

J'entérinai mon idée de l'emmener en promenade au bord de la mer dans l'après-midi. Je ne me priverais pas de la questionner, et elle me parlerait si le cœur lui en disait.

Je reçus enfin la réponse du père de Jules à mon « Tout se passe bien ? » : « Oui, très bien, nous sommes allés à la papeterie, c'est parti pour la girafe ! » Suivie d'une photo de Jules, tenant fièrement un panier avec un grand rouleau de papier Canson, une boîte de gouache, des pinceaux tout neufs. En agrandissant l'image, je reconnus la boutique, dans notre ancien quartier.

Mon endroit. Celui où je choisissais mes carnets, mes stylos, dans mes moments de procrastination, persuadée qu'un nouveau grain de papier, ou un stylo qui « glisse » bien, me ferait travailler plus efficacement.

Je composai son numéro pour lui donner mes indications sur le matériel à choisir, il ne décrocha pas mais répondit par un message.

« Nous sommes à la caisse, je te rappelle plus tard. »

« Tu as tout acheté déjà ? » demandai-je, vexée de ne pas avoir été consultée.

« Oui, t'inquiète ! »

Mon ventre se noua. Impossible de calmer les pensées anxieuses qui tournaient en boucle : « Il a dû choisir n'importe quoi, il ne sait pas dessiner, Jules va perdre le concours. J'ai un bon coup de crayon, il l'a dit lui-même ! L'illustré, c'est mon truc. Surtout une girafe, j'adore cet animal… »

En panique, j'écrivis : « Voici quelques recommandations », et je me lançai névrotiquement dans la description détaillée des étapes à respecter pour réaliser un dessin honorable. J'y joignis des modèles de girafe faciles à reproduire, trouvés sur le Net, ainsi que des liens vers des tutoriels vidéo.

« Appelez-moi quand vous serez dessus ! Jules sera content que j'y participe un peu ! » avais-je conclu, consciente de mon toupet.

« Comme tu voudras », fut sa réponse.

J'entendais d'ici son soupir excédé mais j'étais rassurée qu'il ne m'écarte pas totalement du projet.

Une odeur de viande grillée sur du charbon m'indiqua que les préparatifs du déjeuner étaient en cours.

Kabira ouvrit la porte brusquement et se saisit du plateau auquel je n'avais pas touché.

« Pourquoi tu n'as rien mangé ? » me gronda-t-elle gentiment.

Je lui lançai enthousiaste : « Cet après-midi, on va emmener Mimi au bord de la mer ! »

L'air inquiet, elle chuchota : « Moi aussi ? »

Je hochai énergiquement la tête pour acquiescer.

Son visage s'illumina comme celui d'une enfant puis, quelques secondes plus tard, se rembrunit.

« Elle ne voudra jamais… »

Et, en tapant de son poing replié sur son crâne, elle murmura avec une légère amertume :

« Elle a la tête dure, tu sais… »

Je la regardai droit dans les yeux.

« Je ne repartirai pas en France si Mimi n'est pas sortie. »

Elle leva les deux mains en souriant : elle ne demandait qu'à y croire.

21.

Le déjeuner, qualifié de léger par Mimi, se composait d'une farandole de petites assiettes aux couleurs vives : poivrons rouges grillés, soigneusement épluchés, à l'huile d'olive, fenouils tranchés en fines lamelles, carottes cuites au cumin, tomates coupées en minuscules morceaux et, le fin du fin, une assiette ovale où alternaient joliment des rangées violette, jaune et blanche, composées de betteraves et d'œufs râpés. Le tout complété par le plat principal : keftas de viande et cardons – un légume que je n'avais jamais vu ailleurs que sur cette table. Bien que magnifique, ce déploiement ne me réjouissait pas. Je pensais au temps dépensé. Un temps que Mimi aurait pu prendre pour elle-même au lieu de se fixer encore et toujours le même objectif : impressionner ses convives. Car c'était de cet ordre-là, il fallait créer de l'effet.

À l'heure des pléthoriques tablées familiales, nous enchaînions, avec entrain, la multitude de mets riches et délicieux sous l'œil scrutateur de Mimi qui houspillait le moindre décrochage et encourageait d'une portion supplémentaire les bons éléments. Inévitablement, vers la fin du repas, un grand silence, signifiant que tout un chacun était gavé et repu, s'installait. Les verres se remplissaient d'eau pétillante avalée à grandes lampées pour digérer. Les fenêtres s'ouvraient. Les corps au ventre tendu s'avachissaient. Sous la table, les chaussures quittaient les pieds échauffés. L'un se frottait la panse douloureuse du plat de la main, l'autre réprimait ses borborygmes en répétant en boucle : « Aïe aïe aïe, je ne me sens pas bien… » Et c'est à ce moment-là, une fois les combattants anéantis par la puissance de feu de l'adversaire, que Mimi portait l'estocade finale : l'air innocent, elle déposait sur la table un énorme poulet bouilli confortablement installé sur un lit de pâtes fraîches.

C'est ce même air bravache qu'elle afficha quand elle m'apporta le dessert : un bol rempli à ras bord de grains de grenade d'un rouge profond et saupoudrés de sucre et de cannelle. Elle s'assit et répondit à ma proposition de promenade au bord de la mer.

« Non, ma fille. Moi, je ne sors plus, c'est fini. Vas-y avec des amis.

— C'est avec toi que je veux sortir. Juste une heure. »

Elle refusa catégoriquement à plusieurs reprises. Je pris une voix plaintive et pleurnicharde, tout en mâchant les grains âpres qui explosaient en bouche.

« Fais-moi plaisir.

— Non, c'est *hchouma*[1], avec mes cheveux comme ça ; je dois faire la teinture et la coiffeuse ne vient que mercredi. »

Une ouverture, enfin.

Sans lui demander son avis, je courus dans sa chambre et revins avec sa liste de numéros de téléphone sans nom associé. Celui de la coiffeuse y figurait certainement. Je revins m'asseoir face à Mimi pour qu'elle ne m'échappe pas et les composai à l'aveugle un à un, en faisant tourner le vieux cadran du téléphone fixe. Je dus passer par son cardiologue, la voisine du troisième, Cheradi le gardien, qui prirent chacun le temps de me faire poliment la conversation et de demander des nouvelles de Mimi.

Quand, enfin, j'arrivai à joindre la dame chargée de la coiffer et qu'elle m'annonça son indisponibilité avant mercredi, je raccrochai, défaite.

« Et si tu mettais un foulard, ou un chapeau sur la tête ? » risquai-je en désespoir de cause.

1. « Honteux. »

Elle m'adressa un regard noir pour toute réponse.

Kabira, qui avait disparu depuis un moment, fit irruption dans la pièce, en nage et le souffle court. Elle tenait à bout de bras, tel un trophée, une boîte de teinture de supermarché qu'elle remit entre les mains de Mimi. Celle-ci l'examina avec méfiance. Dessus, une belle brune à la chevelure luxuriante souriait mystérieusement tandis qu'une inscription dorée, illisible pour elle, promettait « couleur riche, brillance intense, reflets chatoyants ».

Je m'écriai avec un enthousiasme exagéré : « Magnifique ! C'est ta couleur ! »

Kabira confirma sur le même ton : « Exactement ! »

Puis elle ajouta, d'une voix douce : « Ne t'inquiète pas, Mimi, j'ai bien regardé la coiffeuse, c'est rien du tout. Tu mélanges, tu poses avec le pinceau et tu attends. »

L'œil sévère, elle nous toisa l'une après l'autre comme si nous l'avions piégée, puis, agitant son doigt pointé vers nous, lança : « Vous faites bien attention, alors. »

Dans un mouvement d'ensemble parfait, nous hochâmes vigoureusement la tête. De joie, je serrai en douce la main de Kabira à lui en broyer les doigts.

La table avait été débarrassée et protégée par un vieux drap. Sous la vigilance de Mimi, je lus la notice à haute voix pendant que Kabira, qui avait enfilé les gants en plastique fournis, versait minutieusement une crème puis une poudre dans un bol et, à présent, mélangeait énergiquement.

Faute d'avoir trouvé de peigne assez fin, Kabira utilisa la pointe d'une fourchette pour séparer les mèches qu'elle badigeonnait minutieusement au pinceau. Je faisais office d'assistante : le récipient de teinture dans une main tandis que, de l'autre, je lui tendais alternativement le pinceau ou la fourchette.

Les cheveux de Mimi, enduits de la mixture noire luisante et relevés sur le haut du crâne, laissaient apparaître sa nuque droite et fine. Avec la serviette blanche sur les épaules et sa robe noire stricte, elle ressemblait à ces tableaux de fières souveraines espagnoles.

Une fois que Kabira eut terminé la pose de la teinture, je lançai le chronomètre de mon téléphone.

« Trente-cinq minutes, et on passe au shampooing », affirmai-je, avec le ton assuré d'une coiffeuse expérimentée.

Pour que l'illusion soit parfaite, j'avais disposé en éventail sur la table quelques-uns des *Paris-Match* dénichés dans l'armoire de ma chambre.

J'entrepris d'en feuilleter un à côté d'elle, sachant que Mimi n'aurait pas osé faire de même. En couverture, un portrait officiel du prince Charles en tenue sombre, bardé de médailles et de décorations sur le torse, au côté de Lady Diana dans une robe satinée rose pâle, sa coupe blonde légendaire, le regard triste et rêveur.

« Elle est belle, hein ? demandai-je en la pointant du doigt.

— Magnifique. Son mariage à la télévision… Quelle merveille ! »

Je tournai les pages et elle examina attentivement les photos du couple princier en s'extasiant.

« Quelle belle robe ! Et ses bijoux ! »

Lady Di arborait, sur chaque page, une expression qui me parut étrangement familière. Où avais-je déjà vu ce regard mélancolique ?

Mimi s'extasiait, la main sur la joue.

« Quelle vie elle a dû avoir ! »

Le parallèle me parut soudain évident. Ce regard rêveur, doux et triste à la fois, ressemblait tant à celui de Mimi sur sa photo de mariage !

Heureuse de ma découverte, je lui lançai :

« Vous avez des points communs toutes les deux, tu sais.

— Arrête de te moquer de moi », rétorqua-t-elle, vexée.

J'entrepris de lui raconter l'histoire du prince Charles fou amoureux de Camilla Parker Bowles, plus âgée et mariée, qui dut se résigner à épouser la jeune Diana par bienséance et, surtout, pour avoir des enfants.

Elle me fixa, incrédule, puis haussa les épaules.

« Non, ce n'est pas possible.

— Regarde, Mimi. »

Je lui montrai sur mon téléphone une photo de Charles et de Camilla, enfin réunis, après la mort de Diana. Elle scruta la dame, l'air sévère.

« Pfff, elle est vieille, elle est pas très… »

Elle s'était arrêtée : avait-elle fait le rapprochement ?

« Mais il l'aime ! C'est comme ça, répondis-je.

— Et Diana, la pauvre…

— Tu sais comment on l'appelait, Diana ? La princesse des cœurs. Le monde entier l'adorait. »

Après un temps, je repris : « Toi aussi, tout le monde t'aime. »

Son visage s'empourpra, elle haussa de nouveau les épaules et referma le magazine.

Ce n'était pas de la complaisance de ma part, mais un constat : Mimi était tendrement aimée par ses enfants et petits-enfants. Malgré sa froideur, sa rustrerie parfois, elle touchait au cœur les membres de cette grande famille, chacun pour des raisons différentes. Pour moi, ce serait à jamais sa dignité de reine mêlée à sa candeur enfantine.

Le chronomètre de mon téléphone sonna la fin des trente-cinq minutes de pose et dissipa l'émotion que nous ressentions toutes deux à cet instant.

22.

Je n'avais pas eu le droit d'assister à la fin de la séance de coiffure. Kabira l'avait emmenée au shampooing et, à en croire le son continu du séchoir à travers la porte, elle était passée à la mise en forme.

De retour dans ma chambre, je tentai à nouveau de me mettre au travail quand un message fit tinter mon téléphone.

« Et voici la girafe ! Jules l'a dessinée tout seul. Il en est très fier. »

Une autre alerte me signifia la réception du dessin. J'avais craint le pire : je ne m'étais pas trompée. Car la girafe – l'animal ? l'objet ? – était effroyable. Sans queue ni tête, au sens littéral de l'expression. Rien qui ressemblait de près ou de loin aux attributs, pour le moins connus, de ce sympathique mammifère. Ni le long cou, ni le pelage jaune tacheté de marron, ni la forme du corps ou ne serait-ce que ses mignonnes petites cornes, rien.

Je composai rageusement le numéro de mon ex-mari.

« Ça t'amuse qu'il soit la risée de la classe ? » me suis-je emportée.

Un silence.

« Je suis avec Jules justement, bien sûr, je lui dis que tu trouves sa girafe magnifique, clama-t-il d'une voix forte et appuyée. Jules, va ranger ton dessin dans ta chambre, fais bien attention, pose-le délicatement.

— C'était quand même pas si compliqué. Il va être affreusement triste quand les autres arriveront avec leurs super dessins. »

J'avais envie d'en découdre, la girafe était devenue mon cheval de bataille, ou plutôt un cheval de Troie qui dissimulait mes autres soucis.

Il ne releva pas et poursuivit d'une voix étonnamment calme.

« J'ai beaucoup réfléchi en me retrouvant seul avec notre fils. »

Je sentais qu'il prenait son élan pour me régler mon compte.

« Je voulais te remercier.

— Pardon ?

— Tu m'as facilité beaucoup de choses avec Jules. Et moi, comme un idiot, je t'accusais de vouloir tout contrôler. Avant, ma seule présence suffisait pour rendre mon fils heureux et je savourais chaque instant avec lui. Là, il faut que je pense à tout, j'ai peur de mal faire, ou de trop bien faire. Je suis perdu. »

Au lieu de m'apaiser ses propos m'inquiétaient. C'était un homme gentil mais totalement psychorigide, je pouvais compter sur les doigts d'une demi-main les fois où, au cours de notre vie commune, il avait admis ses torts. Peut-être était-il malade ?

« J'ai failli t'empêcher de partir voir ta grand-mère, alors que tu en avais grandement besoin. Je te demande pardon. »

Il devait s'agir d'une maladie grave, voire incurable. Car, même s'il lui arrivait parfois de faire amende honorable, ce n'était jamais aussi clair. Il allait mal, très mal.

Mon esprit se mit à turbiner. Comment allais-je l'annoncer à Jules ? Nous n'étions pas encore officiellement divorcés, je serais donc veuve ? Je ne pus m'empêcher d'y trouver un avantage romanesque. Je me voyais drapée de noir dans une robe cintrée sur mon corps amaigri par le chagrin. Je m'imaginais en Jackie Kennedy, tenant la main de mon petit garçon, ma fille me soutenant de l'autre côté, accompagnant dignement le cercueil. Et malgré notre séparation, je pleurerais pour ce que nous avions été, pour notre fils.

Il m'interrompit dans mes divagations funestes.

« Tu ne dis rien ? Tu dois m'en vouloir… Je comprends. Je suis prêt à faire des efforts pour que tout se passe bien entre nous. Tu es une femme exceptionnelle, j'aurai toujours de l'amour et de l'estime pour toi. »

Pourquoi un tel discours juste après la séparation ? Le pire, c'était que mon premier mari avait fait de même en chantant mes louanges dès notre divorce prononcé. Je devais être une femme qu'on aimait rétroactivement. Une femme avec qui on avait envie d'un passé, pas d'un avenir.

« Désolée, j'ai fait une fixation sur cette satanée girafe.

— Notre fils va bien, son dessin n'est pas dingue, c'est vrai, mais il l'a fait tout seul et il en est content. »

Comment pouvait-il avoir ainsi changé du tout au tout ?

« Tu as rencontré quelqu'un ? »

Je m'en voulus immédiatement de cette question stupide.

« Non, pas du tout.

— Tu es malade ?

— Mais non !

— Pardon, je suis un peu chamboulée, j'ai appris beaucoup de choses ici. »

Je lui narrai ce que Mimi m'avait révélé. Cette fois-ci, il n'a pas fait la moindre remarque sur ma famille. Il m'a écoutée en marmonnant çà et là des interrogations et des exclamations.

« Hum. Intéressant. Il faudra que tu le racontes à Jules, c'est son histoire aussi.

— Merci », murmurai-je, les larmes aux yeux.

L'amour que nous portions à notre petit garçon nous avait apaisés.

La discussion se normalisa et nous pûmes parler sans heurts des affaires courantes, telles que paiements de cantine, vacances d'été, cours de judo et… divorce.

« J'ai besoin d'acter les choses pour aller de l'avant », ai-je prononcé sans l'avoir prémédité, comme si l'idée avait maturé à mon insu pendant ces quelques jours à Casablanca.

Il n'a pas protesté. Nous nous accordâmes pour engager le même avocat et régler au plus vite ce qui nous apparaissait comme une pure formalité. Ni biens en commun ni désaccord sur la pension alimentaire entre nous : rien qui méritait que l'on s'écharpe par avocats interposés.

« Quelle tristesse ! » avais-je songé en raccrochant.

L'irrémédiable nous guettait, et nous nous dirigions vers lui tête baissée.

Mimi entra – elle devait avoir attendu que je finisse ma conversation. Les cheveux brillants, bien lisses, ramenés sur la nuque par une fine barrette dorée. Elle arborait l'air détaché et la lueur malicieuse dans les yeux qu'ont les enfants quand ils attendent un compliment.

« *Rzala safé*[1] ! » m'exclamai-je.

Elle était aux anges mais lorsqu'elle remarqua ma mine déconfite, son sourire se transforma en un rictus inquiet.

Assise près de moi, elle posa sa main fraîche sur la mienne puis entoura maladroitement mes épaules de son bras. Des larmes silencieuses tombèrent dru sur mon visage. L'écheveau serré de mes peines se défaisait enfin.

Elle sentait bon le shampooing et la laque. Cette fameuse laque au flacon doré, estampillé d'une silhouette aux cheveux interminables.

« Combien de temps tu es restée mariée ? » me demanda-t-elle tout à trac.

Surprise par sa question, je m'arrêtai de pleurer et répondis un peu au hasard – je ne me souvenais pas précisément de la date à laquelle avaient eu lieu ces drôles de noces.

« Six ans, je crois. »

C'est moi qui avais insisté pour me marier : je voulais porter le même nom que mon fils. Je ne

1. « Tu es magnifique ! »

portais déjà plus celui de ma fille. Comme il détestait les grands rassemblements, celui qui était alors « seulement » mon compagnon m'avait proposé un concept loin, très loin, de toute tradition, à l'île Maurice.

C'est ainsi que nous nous étions retrouvés à prononcer nos vœux pour la vie sur la plage d'un hôtel quatre étoiles, formule tout compris, mariage inclus.

À mi-parcours de notre semaine de vacances, le jour dit, à l'heure dite, nous quittâmes nos transats, en saluant la vieille dame allongée à l'ombre face à nous, pour revêtir nos habits de circonstance. Une robe satinée bleue assortie d'un lys dans les cheveux pour moi, un pantalon et une chemise en lin blanc pour lui. Sous une tonnelle en bois clair ornée de fleurs tropicales, nous attendait un homme tout de blanc vêtu, entouré de deux témoins professionnels recrutés pour l'occasion. De sa voix douce, à l'accent chantant, l'officiant célébra notre futur échec dans une cérémonie réglée au millimètre et menée tambour battant : échange de vœux, alliances, signatures, photos (non incluses dans le forfait). Sur le certificat qui nous fut remis, je lus que nous pouvions faire homologuer en France ce mariage célébré à Maurice dans le village de Flic-en-Flac.

Flic-en-Flac. Ces mots cliquetants me renvoyèrent à une comptine de maternelle que je chantais avec Mila les jours de pluie.

« Flic, flac, dans la flaque, comme c'est rigolo. »

Nous étions loin de la dramaturgie du mariage traditionnel juif. Nous étions loin du verre brisé du pied par le nouveau marié pour commémorer la destruction du temple de Jérusalem.

« Flic, flac, dans la flaque, comme c'est rigolo. »

L'air me tournait toujours dans la tête, quand, pour terminer en apothéose, les trois compères jetèrent avec emphase une pluie de pétales de rose sur les époux que nous étions devenus.

Tout ceci fut expédié dans les temps impartis pendant que, non loin de notre kiosque fleuri, patientaient en embuscade les futurs mariés suivants. Mon cœur se serra lorsque je constatai que ces deux-là avaient la chance d'être accompagnés d'une joyeuse troupe endimanchée. Il me manquait la joie, le partage, l'émotion.

Moins d'une heure plus tard, nous avions déjà regagné nos transats, en maillot de bain et la bague au doigt. Toujours en face, la vieille dame lisait sous sa grande capeline blanche. « Elle est bonne ? » nous interrogea-t-elle, pensant que nous nous étions éclipsés pour un simple bain de mer.

Voilà. C'était fait, je me sentais heureuse et honteuse, une euphorie mélangée à l'étrange impression d'avoir triché. La désacralisation de cet acte me laissait perplexe, je n'arrivais pas à savoir si c'était un mieux ou un moins bien.

« Et toi, Mimi, tu es restée mariée combien de temps ?

— Trop ! dit-elle, en riant. Je me suis mariée alors que je jouais encore dans la rue avec mon petit frère, Simon, aux osselets. Tu connais ? Des petits os de mouton, on en avait quatre chacun… »

Avec des gestes vifs et précis elle me montra comment, pendant qu'elle en lançait un en l'air, elle attrapait les autres. Elle soupira.

« Mes parents ne pouvaient pas faire autrement, les pauvres. On n'avait pas de quoi manger. C'était une chance pour eux que je puisse me marier, et pour moi aussi… peut-être. »

Elle ne me le disait pas mais j'avais appris par mon oncle que sa beauté commençait à attirer les convoitises dans le mellah, entre autres celle de Maklouf, un proxénète qui y avait enrôlé plus d'une juive.

« Tu n'avais pas rencontré Papiel avant ton mariage ?! »

Elle semblait embarrassée.

« Dis-moi… », avais-je repris avec une fermeté dont je fus moi-même surprise.

Elle devait sentir que je ne la lâcherais pas car elle prit la parole sans tergiverser.

« J'avais déjà rencontré ton grand-père chez ma tante, la sœur de ma mère. Elle m'a choisie pour son mari, tu comprends ? »

Bien sûr que je comprenais. Mimi, en qualité de nièce, possédait l'avantage de garantir une certaine soumission et d'avoir une génétique proche de la sienne, la mère porteuse idéale.

« Et quand tes parents te l'ont annoncé, tu as accepté ? »

Elle me lança un regard teinté d'amertume.

« Ils ne m'ont rien annoncé et je n'ai rien accepté, *benti.* C'est arrivé. Un jour, on m'a fait porter une ksoua verte et on m'a emmenée à une fête, voilà. »

Les tractations pour ce mariage eurent donc lieu entre adultes, et aucun ne prit la peine d'informer ou de préparer la jeune Mimi à ce qui l'attendait ce soir-là, avec un homme de vingt-cinq ans son aîné, qui plus est, marié à sa tante.

Qu'en penser ?

Je savais que mon grand-père n'était pas allé chercher une femme plus jeune, plus fraîche, pour son plaisir ou son image. Il obéissait à une loi religieuse : procréer. La Torah regorge de tragiques histoires de stérilité, toujours féminine. Sarah n'avait-elle pas offert Agar, sa servante, à Abraham car leur union était stérile ? Dans les textes, à maintes reprises, Dieu bénit ses enfants en leur promettant une postérité aussi nombreuse que les étoiles du ciel, que les grains d'une grenade. La mission de nous multiplier, de créer de nouvelles âmes, ne souffre pas de discussion.

Et moi, qui aurais-je été s'il n'avait pas fait ce choix ? Aurais-je seulement existé ? Comment réprouver cette situation alors que j'étais née de ce sauvetage social, de ce drame sentimental ?

Je restai là, incapable de bouger, tant mon cerveau était occupé à imaginer ce qu'elle avait enduré. Je pensai à la souffrance de Hassiba aussi ; elle avait dû accepter une autre femme dans la couche de son homme, parce que son ventre était vide.

Je m'aperçus soudain que j'avais vaguement compris cette histoire par des recoupements inconscients. Ce sentiment se vérifia quand un souvenir refoulé, certainement désenclavé par ces nouvelles révélations, jaillit de mon esprit.

C'était après un dîner de Roch Hachana, je devais avoir dix ans. Nous jouions une partie de cache-cache endiablée avec mes cousins et j'étais dissimulée sous le meuble radio du salon. De ma cachette, je pouvais voir Hassiba assise à sa place habituelle, sur la banquette. Papiel était entré, s'était approché d'elle et avait tendrement pris son visage entre ses grosses mains pour l'embrasser, sur la bouche. Il avait ensuite murmuré : « *Hag sameah, nechama.* » Littéralement : « Bonne fête, mon âme. » Une scène absurde pour la petite fille que j'étais, nourrie de contes aux princesses endormies et gavée de littérature romantique où seules la beauté et la jeunesse appelaient le désir. Les vieilles dames toutes rabougries étaient des sorcières que l'on n'embrassait pas. On n'en tombait certainement pas amoureux.

Ce dimanche après-midi, j'eus la sensation d'avoir toutes les pièces du puzzle en main.

Le jour qui déclinait, colorant la chambre de rouge orangé et raturant les murs de longs traits d'ombre, offrait une douce atmosphère, propice à la confidence. Mimi me livra son récit intime et émouvant de cette nuit-là. Comment une jeune fille, qui ne connaissait pas son corps et encore moins celui d'un homme, se retrouva seule avec Papiel dans un lit.

Je tressaillis en comprenant que je me situais actuellement dans la chambre où cela avait eu lieu.

« Ce n'est pas seulement que j'étais jeune, c'est que j'étais ignorante. Je ne savais rien de tout ça. »

Elle me dit qu'il avait prié avant.

Elle me dit que c'était arrivé.

Le plus terrible étant qu'elle n'avait pas saisi que ces actes se reproduiraient, encore et encore, tout au long de sa vie.

« À ce moment-là, je ne la détestais pas encore », avait-elle confié en parlant de Hassiba, qui, selon elle, était aussi victime de la situation mais qui avait pu se consoler en pensant aux enfants qu'elle aurait, à son homme qu'elle avait gardé.

« Moi, je n'avais rien ni personne pour me consoler », murmura-t-elle, la gorge nouée.

Prise d'une bouffée de tendresse, je posai ma tête sur les jambes de Mimi et entourai sa taille de mes bras, sans dire un mot. La main hésitante, elle me caressa les cheveux. Une larme unique tomba de son œil et atterrit sur ma joue. Sans bouger, je la laissai dévaler mon visage, lentement. Je voulais qu'elle imprègne ma peau, pour que j'emporte son histoire. Je voulais être dépositaire de cette mémoire. Je me promis d'emmener Mimi partout avec moi. Dans ce qu'il me restait d'avenir. Je voulais la faire vivre dans mes pensées, qu'elle voie avec mes yeux, qu'elle marche dans mes pas, qu'elle chante de ma voix.

Son corps semblait se détendre : ses membres étaient moins raides, sa main avait tiédi, et, d'un geste vif, elle me fit signe de me rasseoir près d'elle. Elle avait baissé la garde.

« Dans le mellah, j'ai eu faim, mais je n'ai jamais été seule. J'avais toujours quelqu'un à qui parler. En entrant dans cette maison, du jour au lendemain, je ne pouvais plus marcher dans les rues, je ne croisais plus de regards, je n'entendais plus de rires, de cris, de vie. »

Cette solitude brutale, effroyable, qu'elle avait vécue en se retrouvant dans un appartement où, me dit-elle, « tout était haut ». Habituée à vivre au ras du sol, elle dormait désormais dans un vrai lit et mangeait à table, assise sur une chaise. En journée, elle avait pour seule compagnie la dernière sœur célibataire de Papiel, Tamou, chargée de l'éduquer et de lui enseigner les rudiments de la bonne tenue d'une maison. C'est peu dire que la résilience et l'autorité de Tamou ne firent pas bon ménage avec l'inexpérience et l'insoumission de sa jeune belle-sœur. À son retour chez lui, Papiel trouvait les deux femmes en furie, fâchées à mort, et devait les obliger à se réconcilier. Selon Mimi, toujours en donnant raison à Tamou. Le plus cuisant était la honte qu'elle éprouvait quand Papiel et Tamou s'amusaient de sa gaucherie. Je compris alors comment ces taquineries, qui avaient jalonné le déniaisage de Mimi, avaient fabriqué ce parangon de susceptibilité qu'elle était devenue.

« Et puis, un jour, mes seins ont été tout durs. Quand ton grand-père a compris, il s'est mis à prendre soin de moi comme jamais, il ne voulait pas que je me fatigue. Tous les matins, il m'obligeait à manger une orange qu'il m'épluchait lui-même et me préparait du pain trempé dans de l'huile d'olive. »

Elle esquissa un sourire qui se transforma en rictus lorsqu'elle évoqua l'omniprésente Tamou, qu'elle ne supportait plus et que Papiel avait accepté de muter chez Hassiba pour ménager sa grossesse.

Son corps s'arrondissait, le miroir lui renvoyait pour la première fois un visage aux joues rebondies et roses qu'elle ne connaissait pas. Elle se sentait belle et pleine. L'abattement qu'elle ressentait quotidiennement s'était mu en une force surhumaine.

Avec pudeur et à mots choisis, elle me raconta la révélation qu'elle eut quand, une nuit, son mari s'était rapproché d'elle alors qu'elle était enceinte. Pour elle, ce fut la preuve qu'elle lui plaisait, ou peut-être même qu'il l'aimait, et qu'elle n'était pas seulement là pour lui faire un enfant.

Les mots coulaient, fluides, sans à-coups. Elle me raconta comment, au fil des jours, ses robes se firent trop serrées autour de son ventre, de ses hanches. Les retouches ne suffisaient plus.

« Je visualisais les gestes de ma mère qui rapiéçait le linge de Simon et j'essayais de les reproduire. »

Arrivé le dernier, son petit frère avait hérité des vêtements usés de ses aînés. Mimi adorait glisser ses doigts dans les déchirures de la tunique de Simon pour triturer sa peau chaude et potelée.

« J'ai pleuré tant de fois en pensant à lui, je savais qu'il avait peur la nuit sans moi. »

Son visage se gonfla de larmes retenues.

« J'avais quinze ans. On ne m'avait rien dit, rien expliqué. Quand les premières douleurs se sont déclarées, je croyais avoir une grave maladie, que j'allais mourir. Mais au moment où ils m'ont mis le bébé dans les bras, tout a changé. Ton grand-père était si heureux qu'il m'a offert une belle bouteille d'eau de Cologne, très grande, très chère. À l'époque, c'était quelque chose, dit-elle fièrement en espaçant les paumes de ses mains pour en mimer la taille. Il a pris le bébé à son tour, m'a embrassée sur le front et il m'a dit : "Merci, Mimi", et il a quitté la pièce en me laissant seule. Hassiba était là, juste derrière la porte. Ils chuchotaient entre eux. Moi, le nez dans le goulot de la bouteille, je reniflais le parfum pour m'éloigner de cette odeur dans laquelle je baignais, de sang, de transpiration, de lait. J'ai entendu : "Voilà ton fils.

Tiens, prends-le, fais attention." Il y a eu des gémissements d'émotion et d'extase, des pleurs. Et elle a dit : "Mon fils, tu es mon fils." J'ai eu une très forte montée de lait, mes seins se sont tendus et ont commencé à picoter. J'ai crié pour qu'on me ramène le bébé. Je l'ai plaqué sur ma poitrine et j'ai congédié tout le monde pour rester seule avec lui. C'est la première fois de ma vie que l'on m'a obéi.

Ma mère était venue me voir avec Simon. Avant mon accouchement, j'avais le droit d'aller leur rendre visite une fois par mois. Je leur apportais autant de nourriture que je pouvais et ma mère l'acceptait, honteuse, en louant le Seigneur pour ce mariage providentiel. Je me souviens qu'à chaque visite la pièce me paraissait encore plus sale, sombre et délabrée, mais, là, sur mon lit d'accouchée, j'aurais tout donné pour rentrer avec eux. J'ai supplié ma mère : je leur avais "fait" leur bébé, je pouvais revenir, m'occuper de Simon. Il avait grandi, maigri, son visage avait durci. Il avait regardé avec dédain le nouveau-né et s'était enfui quand j'avais essayé de le lui déposer entre les bras. Ce jour-là, nous nous sommes éloignés à jamais.

— Et comment vous vous êtes organisés pour le bébé ? lui demandai-je, la gorge serrée par ces confessions.

— Hassiba venait le voir tous les jours. Je ne me souviens plus très bien mais je crois qu'une fois qu'il a été sevré, ils me l'ont pris, prétextant que j'étais trop jeune pour m'occuper d'un petit. Je n'ai rien dit. Du jour au lendemain, le silence. Plus de pleurs la nuit. De temps en temps, je me réveillais, il me semblait l'entendre, et c'est moi qui me mettais à pleurer. Je me suis retrouvée vide et seule. Ensuite, il y a eu les autres enfants, et la vie est passée, me dit-elle avec un sourire résigné. Je les aimais, mes bébés, tu sais, mais je me retenais, je savais qu'ils me les reprendraient. »

Je comprenais mieux la réserve dont elle avait toujours fait preuve avec ses enfants et ses petits-enfants. Ses gestes, ses mots, trahissaient cette insécurité dans l'attachement. À chaque naissance, m'expliqua-t-elle, son cœur se remplissait de l'espoir que ce nouveau-né change son destin.

« Tu sais, c'est la naissance de ton père qui a tout bouleversé. Quand je l'ai vu, je me suis dit : "Celui-là, je ne le lui donnerai pas." Hassiba a résisté, mais je ne me suis pas laissé faire. »

J'aimais à penser qu'il avait suscité en elle un tel amour qu'elle s'était battue pour le garder. À vrai dire, il me semblait qu'elle s'était surtout aguerrie avec le temps, tandis que, de son côté, Hassiba vieillissait et devait avoir déjà fort à faire avec les trois premiers. Mon père, le quatrième des sept enfants, l'enfant du milieu, le point de bascule, fut ainsi tiraillé, partagé entre les deux maisons.

Était-ce pour échapper à ces conflits qu'il avait été envoyé, dès ses treize ans, dans un internat en France ?

Mimi se figea puis, les yeux dans le vague, elle parut comme ivre, nauséeuse. On eût dit que son corps découvrait la sensation vertigineuse de se délester de ses secrets, de parler sans retenue. Je pris acte de la force dont elle avait dû faire preuve pour dépasser le silence.

Si je n'avais pas craint de la brusquer, je lui aurais à mon tour raconté ma vie à Paris. Mes amours déçues. Ma vie solitaire dans cet appartement démeublé. Ma vie libre aussi, magnifiquement libre, comme un trophée que je serais venue lui rapporter. J'aurais tellement aimé l'emmener se promener dans les rues de Paris, lui présenter mes amis, la voir rire… Réparer, un tout petit peu, cette vie d'abnégation.

Comme si elle devinait mes pensées, elle me lança : « Tu sais, malgré tout, ton grand-père m'a aimée. Et moi, peut-être que je l'aurais aimé, si je ne l'avais eu que pour moi. »

23.

Cinq heures. En ouvrant les yeux, j'eus l'impression que cette chambre allait se refermer sur moi. Il s'y était joué tant de choses. Rien de superficiel. Du profond. Du pur. Du violent.

Je me postai à la fenêtre dans le jour naissant. En bas, le bourdonnement d'insectes des mobylettes avait commencé. Un homme décharné et visiblement ivre hurlait en slalomant entre des plots imaginaires sur la chaussée déserte. De là où je me trouvais, j'apercevais Mimi. Elle ne dormait pas non plus. Assise sur le bord de son lit, elle se tenait droite, altière, son profil hiératique se découpant dans la demi-pénombre.

Il fallait que je sorte. J'enfilai la robe d'été noire, longue et légère, que j'avais prévue pour la virée avec Mimi.

En entrebâillant la porte de l'entrée, l'odeur rance de l'immeuble me percuta de nouveau. Dans l'escalier, mes gestes d'enfant me revinrent en mémoire ; je tins la rampe à bout de bras et glissai sur la partie centrale, lisse et usée des marches, faisant office de toboggan, puis retombai lourdement sur les fesses au rez-de-chaussée. Mon entrain incongru fut stoppé net par Cheradi, hirsute, alerté par le bruit. Je me relevai en m'époussetant honteusement et, mue d'un élan soudain, l'embrassai joyeusement sur la joue pour la première fois. Il me sourit, gêné, et, ne sachant que répondre, me souffla un « merci ».

Je sortis dans Casablanca plongée dans une fraîcheur encore bleutée des restes de la nuit. En marchant, je retrouvai la petite boutique de Jalil le disquaire, où nous nous attardions avec mes frères pour écouter les derniers tubes qu'un grand mec dégingandé, coupe afro et chemises cintrées, diffusait à tue-tête jusque dans la rue. L'endroit minuscule jadis envahi de pochettes de vinyles était devenu Jalil Plus, un fourre-tout vendant des téléphones portables d'occasion et des DVD piratés. Je m'approchai pour regarder à travers la grille. Au mur : des photos du même Jalil, chauve et replet, posant à côté de stars de passage. Mais au milieu des pubs de forfaits téléphoniques en arabe trônait toujours la pochette de *Thriller*, mon cataclysme durable.

Adolescente, j'avais tant écouté cet album que j'avais l'impression qu'il avait imprégné chacune de mes cellules. Dans mon justaucorps violet, serré à la taille par une large ceinture élastique noire, je répétais indéfiniment la chorégraphie de Michael, devant le miroir en moucharabieh de la chambre de mes parents, porte fermée à double tour. Et, comme un secret que personne ne pouvait comprendre, je me répétais que j'étais belle.

J'avais quatorze ans. L'âge de Mimi quand elle s'était mariée.

Mimi m'avait indiqué l'adresse de Hassiba et mes pas avaient emprunté le chemin que Papiel effectuait tous les matins entre ses épouses. Au bout de trois cents mètres, je m'arrêtai devant une maison étroite écrasée entre deux bâtisses. Son unique fenêtre surmontait une porte cloutée, rouillée, qui avait dû être verte autrefois.

Je me souvins d'être venue là, peu après la mort de Papiel. Hassiba était souffrante et, avec mon père, nous lui avions apporté une soupe que Mimi avait préparée. Papa avait insisté pour que je l'accompagne et m'avait fait porter la casserole en fer-blanc fumante. Comme s'il voulait se dédouaner de cet acte de bonté envers Hassiba. Dans la pénombre, allongée, un fichu sur la tête, son corps chétif disparaissait sous les draps. En plein délire fiévreux, elle demandait sans cesse où était son mari. Mon père, debout devant le lit, murmurait des phrases de réconfort mais se tenait à distance. Son regard doux, sa compassion – que je trouvais parfois excessive – avaient laissé place à un masque froid et impavide que je ne lui connaissais pas.

Les propos de mon oncle Roger, le premier-né, celui qui les rendit tous parents, me revinrent : « D'aussi loin que je me souvienne, je vivais chez Hassiba et c'était elle ma mère. Après moi sont rapidement arrivés Henri et Rachel, qui eux aussi vivaient chez Hassiba. Mon père passait très rarement la nuit à la maison, il se levait aux aurores chez Mimi, allait chercher des provisions au marché et venait chez nous pour profiter de Hassiba. »

Je pris conscience que Mimi, malgré sa jeunesse et sa beauté, n'avait pas eu la consolation de devenir la favorite. Elle n'était que l'instrument du devoir.

Cette injonction de procréer avait conditionné l'histoire de ma famille, et je m'y étais aussi soumise. Depuis mes quinze ans, l'idée d'avoir un enfant m'obsédait. J'avais hérité de la hantise d'être classée sans suite.

Toute mon adolescence, j'avais l'impression d'être floue – aujourd'hui, on aurait dit « pixélisée ». Les regards me passaient au travers. Parfois, je me demandais même si mes proches me reconnaissaient. Dans une famille où l'on cultivait le résultat, où l'on privilégiait l'effet, mon existence asynchrone de jeune fille solitaire plongée dans ses livres, rêveuse et distraite, n'était pas comptabilisée. Je pouvais me lever d'une grande tablée sans que personne le remarque, et j'entendais au loin, bien plus tard, qu'on me cherchait, mais sans affolement, parfois même sans aller jusqu'à me trouver.

Ainsi, quand j'eus mon premier enfant, à vingt-deux ans, j'acquis au sein du clan sinon une place, au moins un statut. J'étais devenue visible. J'apportais ma participation à l'édifice familial avec ma descendance, qui était aussi la leur.

En enfantant pour la première fois à quinze ans, Mimi, elle, n'acquit pas pour autant le statut de mère. Elle était le ventre, le corps qui avait rendu Papiel et Hassiba parents.

Était-ce pour cela que ses sept enfants l'avaient toujours appelée Mimi, et jamais Maman ?

Je pensais à Mila qui, à dix-sept ans, était à l'âge de tous les possibles et qui, si elle avait vécu à cette époque, aurait déjà été mère de deux enfants.

La porte de la maison s'est soudain entrouverte, me tirant de mes réflexions et libérant des effluves de lait chaud, de beurre fondu et de pain. Trois petites filles par ordre de taille, cartable sur le dos – mêmes tresses drues et mêmes robes bleu ciel –, me fixèrent de leurs yeux noirs aux longs cils épais, puis s'évaporèrent dans un chuintement de voix et de rires. J'en profitai pour regarder à l'intérieur. Carreaux de ciment hexagonaux aux motifs grignotés par le temps. Une femme d'une trentaine d'années, enceinte, vêtue d'une gandoura jaune vif, un fichu noir à frange sur le crâne, balayait le sol énergiquement. Par la fenêtre, le profil d'un homme qui priait apparaissait et disparaissait, au rythme de ses génuflexions. Une vieille dame assise sur les marches de l'entrée chantonnait en équeutant des haricots, un sachet sur les genoux.

Voilà. Plus rien de ce qui était.

J'aurais voulu apposer une plaque sur la façade, commémorant la présence de Hassiba et de Papiel dans cette maison. Pourquoi n'est-ce le privilège que des Grands Hommes ?

La jeune femme au balai releva la tête et croisa mon regard curieux, elle se précipita pour refermer la porte, qu'elle eut la courtoisie de ne pas faire claquer.

Je restai là sur le trottoir, en proie à mes questionnements, à essayer d'imaginer comment fonctionnait cette famille à double foyer.

Je battis en retraite par le boulevard de Bordeaux et passai devant le numéro 45, une institution de Casa, Les Jus de Bordeaux. L'échoppe sobre aux murs crème affichait fièrement sur son enseigne : « Depuis 1969. » Outre les recettes « maison », toutes les combinaisons de fruits étaient possibles, il suffisait de demander. Adolescente, j'y venais le samedi au petit matin.

J'avais dix-sept ans, et mes parents m'autorisaient à sortir en discothèque jusqu'à des heures indues. Je ne buvais pas, je ne couchais pas – pas d'abandon, pas d'ivresse. Il suffisait à mes parents de dire qu'ils comptaient sur moi pour « bien me tenir », pour que je me conforme à leur injonction, de bonne grâce. Les cours de Torah que je suivais à l'école parachevaient cette œuvre de culpabilisation tacite. J'avais accès aux excès sans y toucher. Mon esprit fulminait d'amour, mais mon corps se raidissait à mesure que je lui infligeais cette distance.

Pour être en société, je puisai instinctivement dans le fonds de commerce familial : je devins la fille marrante. Ce sésame me permit d'intégrer les groupes qui venaient finir leur soirée ici, au Jus de Bordeaux.

J'aimais le réconfort de ces jus, auxquels je faisais ajouter des amandes ou des dattes pour les rendre plus denses encore. En laissant cette mixture épaisse couler doucement dans ma gorge, je me réparais, je colmatais mes brèches.

Je poussai la porte vitrée.

Dans l'échoppe, les chaises étaient encore tête en bas sur les tables. Un jeune homme moustachu en blouse de travail blanche briquait le comptoir en verre où étaient amoncelés des kilos multicolores de fruits frais. Sans regarder le menu affiché au mur, je commandai fièrement en arabe trois jus « banane, orange, amande ». Il piocha les fruits d'une main alerte puis les jeta dans une des trois centrifugeuses qui se mit à vrombir. Je me promis d'acquérir le même appareil afin de nous concocter des jus maison avec les enfants, dès que la cuisine serait opérationnelle. D'ailleurs, les travaux devaient commencer ce matin même. J'appelai mon père pour vérifier s'il se trouvait bien sur le front.

« Évidemment que je suis là ! m'a-t-il assuré.

— Et ils en sont où, des travaux ? Ça avance ?

— Ils n'ont pas commencé. Avec ta mère, on leur a préparé un bon petit déjeuner. Ils finissent leur café et ils s'y mettent ! »

Je tentai de lui expliquer que chaque minute allait être comptabilisée par Cuisiland mais il chuchota : « Ne t'inquiète pas, c'est une technique bien rodée. Avec les viennoiseries qu'on leur a apportées, je peux te dire qu'ils vont être au taquet et travailler deux fois plus vite. »

Je raccrochai, dépitée.

« Jamais de la vie ! »

J'avais apporté à la maison les trois jus et les avais posés sur la table. Alors que Kabira aspirait goulûment par sa paille, Mimi avait refusé catégoriquement d'y toucher.

Sa vie était faite de jamais. Elle n'avait jamais mis les pieds dans cet endroit à cent mètres de chez elle, elle n'avait jamais connu d'autre homme que mon grand-père, elle n'était jamais partie en vacances, elle n'avait jamais lu un livre, elle ne s'était jamais baignée en maillot de bain dans l'océan si proche, jamais…

« Allez, profite un peu ! »

Elle me répondit sans tristesse mais avec gravité.

« C'est trop tard, ma fille. Toute ma vie, il a été trop tard. Parce que j'ai tout fait trop tôt. »

Je ne me laissai pas attendrir par ces mots définitifs et rapprochai le gobelet de ses narines pour qu'elle hume l'odeur sucrée du nectar orangé. Elle y goûta du bout des lèvres. Ses yeux s'humectèrent de plaisir, son visage rosit et s'arrondit, comme celui d'un enfant. Contente de moi, je l'observai boire l'épais liquide par petites gorgées. Je fis mine de ne pas prêter attention à ce bonheur simple dont elle semblait nourrir de la honte.

« Bon, Mimi, après déjeuner, direction la plage ! »

Puis à l'adresse de Kabira radieuse, je lançai : « Départ à 14 heures ! »

« D'accord, Mimi ? » lui demandai-je en me penchant pour voir son expression alors qu'elle gardait le front bas.

Les lèvres pincées, elle semblait tourmentée.

« Ah non, tu ne vas pas me faire ça, Mimi ! On sort après le déjeuner.

— C'est honteux, trois femmes seules dans la rue, ça ne se fait pas, *benti.* Qu'est-ce qu'on va dire de nous ? »

De qui parlait-elle ? Ceux de sa génération qui auraient pu s'offusquer d'un tel comportement étaient morts ou assignés à résidence tout comme elle. Je sentais la frustration monter tandis qu'elle conservait l'air déterminé d'un juge qui venait d'émettre sa sentence.

Je fus tentée de réagir telle une petite fille blessée à qui on avait fait une promesse, mais, en un éclair, ma réponse fusa, devançant tout découragement de ma part.

« On n'est pas toutes seules ! J'ai proposé à un ami de nous rejoindre, il vient nous chercher. »

Mimi releva immédiatement la tête, incrédule.

« Il est très gentil, il travaille dans une banque », précisai-je, imaginant bêtement que cela la rassurerait.

J'envoyai concomitamment un message à Éric en priant pour que ce plan risqué fonctionne.

« Besoin impromptu et impérieux d'un chevalier servant pour m'accompagner cet après-midi. Pardon de cette demande insolite de dernière minute mais sinon ma grand-mère ne sortira pas (plus ?) et je rentre ce soir, tard, à Paris. »

J'étais consciente de mon impudence, mais je n'avais pas le choix et, surtout, je sentais qu'il ne me jugerait pas.

« Il est juif ? » réagit Mimi.

J'entrouvris la bouche, ne sachant que répondre, mais elle lut dans mon regard que, non, il ne l'était pas.

« Et alors ? C'est pas grave », me dit-elle comme si c'était moi qui lui avais posé la question.

Elle se leva et fit signe à Kabira de s'approcher.

« Viens m'aider, je vais me préparer. »

Cette dernière lui prit le bras pour l'emmener vers sa chambre.

Un message. Je sautai sur mon téléphone, anxieuse de connaître la réponse d'Éric.

« Rappelle-moi, asapissimo. »

C'était Michelle. Je l'avais complètement oubliée ! Je me pris la tête entre les mains. « *Hchouma* », me suis-je dit. J'étais démasquée. Elle avait constaté mon manque de réactivité. Je ne lui avais fait aucun retour, aucune proposition après le tapis rouge professionnel qu'elle m'avait pourtant déroulé. Une femme comme elle ne devait pas tergiverser longtemps : je serais démise de fonctions que je n'avais pas eu la capacité d'occuper, c'était la fin d'une aventure même pas commencée.

Je maudissais ma mollesse autant que mon obsession de mon histoire familiale. J'avais très bien vécu sans la connaître durant des années, j'aurais pu attendre vingt-quatre heures de plus et travailler. Je savais qu'une occasion pareille ne se représenterait plus.

Résignée quant au sort qui me serait réservé, je composai son numéro, soucieuse de faire preuve de correction malgré mon incompétence.

Elle décrocha hilare.

« Oh merci de me rappeler, ma belle ! »

Autour d'elle un brouhaha musical au milieu duquel je perçus des sonorités sud-américaines.

« On tourne l'émission spéciale salsa ! Bon, minette, je ne sais pas comment te dire ça mais…

— J'ai compris, ne t'inquiète pas. J'ai préjugé de mes capacités, je suis en pleine séparation et… »

Un « Olé » tonitruant me perça les tympans. Elle ne m'écoutait pas du tout.

« J'ai besoin de toi, sur un gros projet. Une émission pour enfants avec des quiz, des jeux, que j'animerai, avec des invités connus mais aussi des lambda… »

Elle poursuivit le descriptif confus et touffu de son concept et finit par :

« Comme tu vois, c'est très clair, je voudrais que tu planches là-dessus.

— Et les caméras cachées… je n'ai pas…

— Ah mais on a lâché l'affaire. Sylvain, tu ne l'as pas prévenue ? Ah mais non, c'est pas sérieux, Sylvain ! C'était trop cher, trop compliqué à mettre en place, trop vu, bref… on a zappé avant qu'on nous zappe. *Next !* Alors, tu es avec nous ? »

Mon cerveau bégayait : était-ce propre à elle ou est-ce que tous les gens qui travaillaient à la télé fonctionnaient ainsi ? Je sautai dans cette déferlante incompréhensible en laissant échapper d'instinct un « *Of course !* » mi-enthousiaste mi-décontracté qui sembla convenir parfaitement à la situation.

« Toi, t'es une vraie ! Rendez-vous *brainstorming* mardi 8 h 30 au bureau. Réfléchis à un titre d'émission entre-temps. On n'a rien trouvé.

— Noté ! » lui répondis-je.

Je raccrochai, heureuse d'être toujours dans la course – une course vers quoi ? je l'ignorais, mais je me réjouissais de bénéficier d'une seconde chance. Je bénissais presque ma procrastination qui m'avait épargné de travailler pour rien.

En inscrivant dans mon agenda l'heure et la date du *brainstorming*, je tressaillis en m'apercevant que je devais emmener Jules à l'école à la même heure et, surtout, que c'était pile le jour de présentation des girafes. Pour la première fois de ma vie de maman, j'eus une furieuse envie de tout envoyer bouler : la girafe de mon fils, le gâteau (obligatoirement maison) qu'il fallait apporter pour le petit déjeuner des élèves, les horripilantes conversations avec les parents qui savaient tous mieux que moi ce qui se déroulait en classe. Je ne pouvais décemment demander à son père de le faire à ma place, et je ne me voyais pas non plus rappeler Michelle pour décaler le rendez-vous. « On verra bien », me dis-je en m'étonnant moi-même de cette confiance inhabituelle. Tout me semblait dérisoire après ces révélations sur Mimi, sur cette famille dont je comprenais que le rire omniprésent était également une façon d'être au monde pour chasser la douleur, le déchirement, les regrets. Et, à présent, je les remerciais en pensée d'avoir choisi cette option plutôt que celle du drame. D'avoir pris le parti de ce rire qui, même s'il dissimulait certaines vérités, nous avait appris la joie.

24.

J'avais dû accomplir de sacrées bonnes actions au cours de mon existence pour mériter l'amitié et la gentillesse d'un homme tel qu'Éric.

« Ma femme vient d'arriver mais je vais me débrouiller », avait-il répondu pendant que je déjeunais avec Mimi et Kabira.

Tout au long du repas, Mimi s'était excusée de n'avoir servi qu'une simple omelette accompagnée d'une salade, à cause des préparatifs pour la sortie. De mon côté, j'étais ravie, ravie qu'elle s'émancipe des contraintes domestiques.

Je l'observais. Maquillée, coiffée, elle avait enfilé une blouse en coton rose pâle sur ses vêtements afin de ne pas se salir. Elle brillait. Les reflets dans ses cheveux retenus par une large barrette noire incrustée de strass, son teint translucide, son regard souligné d'une fine ligne noire, ses pommettes irisées de fard à joues corail, les deux grosses perles blanches à ses oreilles, le collier assorti autour de son cou, autant de touches de lumière qui contrastaient avec la brume terne de son quotidien.

À l'heure dite, je lui retirai sa blouse d'autorité et ne cédai pas à ses protestations quand je l'obligeai à abandonner la cuisine en désordre et la vaisselle pas faite.

« *Hchouma* », avait-elle encore répété alors que Kabira et moi-même la poussions vers la porte, avant qu'elle ne change d'avis.

Nous descendîmes les quatre étages marche par marche en la soutenant chacune par un bras. Le grand sac en cuir verni noir, qu'elle avait à l'épaule, frottait contre mon flanc. Elle avait tenu à porter cette immense besace, jusqu'alors enfermée dans un placard et protégée par une housse, mais elle ne trouva rien d'autre à y mettre que son porte-monnaie et ses clés, que j'entendais tinter à l'intérieur.

Quand nous arrivâmes enfin au rez-de-chaussée, l'immuable Cheradi, dans son nuage odorant de cigarette brune, nous accueillit avec inquiétude et étonnement.

« Qu'est-ce qui se passe ? Tout va bien ? Mimi, tu es malade ? Vous voulez que je vous accompagne chez le médecin ? »

Aucune de nous ne répondit à sa rafale de questions mais je lui adressai un regard qui signifiait quelque chose comme : « Je t'expliquerai une autre fois. » Le vieil homme écrasa précipitamment son mégot sous sa sandale en plastique et courut ouvrir la lourde porte en fer forgé.

Mimi marqua l'arrêt sur le seuil et plissa les yeux face à la lumière crue et poussiéreuse avant de se laisser happer par le dehors. Elle serra l'anse de son sac à moitié vide, tentant de cacher tant bien que mal son saisissement devant l'agitation bruyante et désordonnée de la rue.

Tranquillement adossé à une rutilante berline bleu nuit, les lunettes relevées sur le milieu du front, Éric pianotait sur son téléphone. Encore une fois, son goût vestimentaire me laissa perplexe. Il était habillé comme aurait pu l'être un mannequin en plastique d'un grand magasin présentant la collection « Détente et loisirs ». Je l'entendais d'ici dire à sa femme : « Ça, c'est sympa pour l'été, c'est frais », elle avait dû retourner l'étiquette pour s'informer du prix, puis acquiescer, et ils avaient fait l'acquisition de cette tenue coordonnée de la tête aux pieds – un polo jaune pâle et son bermuda bleu finement rayé du même jaune, une ceinture tressée du même bleu, et des espadrilles en toile du même jaune. La bandoulière de sa petite sacoche en cuir naturel traçait une disgracieuse diagonale sur sa poitrine, et à son poignet brillait une gourmette en argent, martelée de son prénom.

« Hey ! » m'exclamai-je, exprimant gauchement ma joie reconnaissante.

Il se dirigea vers Mimi pour la saluer respectueusement en inclinant le torse, puis il ouvrit grand la portière avant et la fit monter en prenant soin de lui attacher délicatement sa ceinture. Mimi me regarda par-dessus son épaule et, comme s'il était invisible, me lança : « Il est bien celui-là ! »

Je le vis rire sous cape. Il fit la bise à Kabira, qui rougit comme une pivoine puis me déposa un rapide baiser sur la joue avant de prendre place au volant.

À cette heure-ci, un lundi, les rues de Casa étaient bondées : les passants pressés regagnaient leur travail après déjeuner. Assise derrière Éric, j'observais Mimi. Les yeux rêveurs et humides, elle contemplait le paysage qui défilait, tout en pétrissant son mouchoir au rythme de ses émotions. Elle suivait du regard les piétons, murmurait des commentaires dont je ne percevais que l'intonation sidérée ; elle semblait ne rien reconnaître. Des mobylettes, par grappes ou isolées, surgissaient de toutes parts, la faisant sursauter chaque fois qu'elles s'approchaient de trop près.

La voiture pila à un feu rouge, et une nuée désordonnée traversa longuement.

« Ils vont où, tous ces gens ? » me demanda Mimi, l'air affolé.

Que dire ? « Ils vivent », avais-je envie de lui répondre ; ils sortent, ils se rencontrent, ils sont libres...

« Et la fontaine ? Elle est où ? »

Elle ajouta fièrement à l'adresse d'Éric : « Mon mari m'avait amenée là-bas, c'était magnifique, notre dernière sortie.

— Ce n'est pas la route, Mimi, on va à la mer, lui lançai-je.

— D'accord, *benti*, comme tu veux. »

Elle semblait contrariée. Les yeux rivés sur le rétroviseur, Éric effectua un demi-tour brutal en plein milieu du boulevard.

« C'est la troisième plus grande du monde », déclara-t-il en pointant la majestueuse fontaine sur la place Mohammed V où quelques rares visiteurs déambulaient. Elle me regarda l'air de dire : « Tu vois, ça valait la peine. » Puis elle prit naturellement le bras qu'Éric lui offrait pour marcher à ses côtés.

Kabira s'assit sur le rebord de la fontaine et resta là, un long moment, à rêver et à observer les pigeons s'agglutiner autour d'elle.

Quand j'étais toute petite, mon père m'emmenait rituellement sur cette place le 3 mars, jour de mon anniversaire. Ce que j'ignorais à l'époque, c'est que le 3 mars était également la date choisie pour la fête du Trône, qui commémorait avec faste l'accession au pouvoir du roi Hassan II. Je me souvenais avec tendresse de mon père au volant de sa voiture qui me montrait fièrement la ville pavoisée de drapeaux, de lumières rouges et vertes, les parades et les défilés de rue, m'expliquant comment il avait préparé tout cela en mon honneur. Il faisait mine de passer en revue les installations et, parfois même, de s'irriter d'une banderole mal accrochée en s'exclamant : « Ils ont fait n'importe quoi ! Ça va barder quand je vais rentrer. » Point d'orgue du parcours, nous nous retrouvions immanquablement sur cette place et, devant la féerie de la fontaine illuminée aux jets d'eau multicolores, il prenait ma main dans la sienne, y déposait un baiser et murmurait : « Bon anniversaire, ma reine. »

J'appris la vérité le jour de mes huit ans, alors que je me vantais auprès de mes camarades des grands déploiements organisés pour me célébrer. La honte cuisante que j'avais éprouvée quand je les vis pouffer de ma crédulité ! J'avais rattrapé le coup, la gorge nouée par la vexation, en maugréant : « Vous m'avez crue ? Mais je plaisantais, enfin ! »

J'en avais longtemps voulu à mon père mais surtout à moi-même. Comment avais-je pu imaginer une seule seconde que ces réjouissances m'étaient destinées ? Jusqu'à mon départ du Maroc, à chacun de mes anniversaires suivants, tandis que le pays entier festoyait, moi je boudais.

Aujourd'hui, je vois tant d'amour dans cet opportunisme poétique. Mon père composait avec la réalité qu'il avait sous les yeux. La ville entière lui servait de décor afin de mettre en scène une journée de rêve pour sa petite fille.

Et j'avais beau grandir, il inventait sans cesse des procédés fantasques, semant des balises enchantées dans mes souvenirs d'enfance. Ainsi, l'année de mes treize ans, alors que j'étais hospitalisée depuis de longs jours pour une opération de l'appendicite, il avait débarqué en pleine nuit dans ma chambre à pas de loup. Après m'avoir fait enfiler un long manteau par-dessus ma blouse et enfoncé un bonnet noir sur la tête, il m'avait entraînée et nous avions traversé l'hôpital en rasant les murs. Une fois dehors, il m'avait emmenée, chevaleresque, dans la Simca bleu ciel qui nous attendait, vrombissante et tous feux éteints. Il avait effectué le détour rituel par la corniche, désertée à cette heure avancée, et nous étions restés quelques minutes à observer en silence la mer bleu noir, où zigzaguaient des reflets de lune. Puis il avait redémarré, la mine grave, en vérifiant régulièrement dans le rétroviseur que nous n'étions pas poursuivis. J'avais vécu à fond ce danger confortable et exulté de cette infraction qui, sans surprise, s'était révélée ne pas en être une, car ma sortie était prévue ce jour-là.

Toute ma vie, mon père m'avait raconté des histoires pour ne pas me raconter *son* histoire. Et moi, des années plus tard, je me retrouvais ici, à ramasser des bribes de vérité pour tenter de comprendre la mienne.

Éric et Mimi s'étaient assis près de Kabira. L'air attentif, les deux écoutaient ma grand-mère qui semblait particulièrement prolixe. Que pouvait-elle bien leur dire de si captivant ? En m'approchant, je constatai que Mimi tenait de banals propos sur le temps de Casablanca en cette saison tandis qu'Éric la relançait avec application et que Kabira corroborait par des exemples précis. J'avais espéré de nouvelles révélations.

En regagnant la voiture, je pris Éric à part et, après l'avoir remercié chaleureusement, lui glissai : « Essaie de la brancher sur sa vie, ses souvenirs... Peut-être pourras-tu lui soutirer d'autres informations. »

Il s'arrêta net et me tint fermement les épaules de ses grandes mains.

« Ça, c'est non. Cette dame que tu vois là est sortie de chez elle, et cela ne lui arrive pratiquement jamais. Laisse-la savourer l'air, le soleil, les gens, la vie autour. Elle a besoin de vivre des moments légers, et, pour une fois, de cesser de vivre dans son passé. Lâche l'affaire ! »

J'accusai le coup, mais il avait raison. Je me mordis les lèvres, culpabilisant de l'avoir malmenée avec mes questions. Je m'aperçus que je considérais Mimi comme anachronique dans ma vie ; à mes yeux, elle semblait appartenir au passé, pourtant elle était bel et bien là, aujourd'hui, dans l'instant présent.

Éric se tenait devant moi dans son drôle d'accoutrement estival et, alors que j'avais toujours détesté les hommes en bermuda, je mesurai ma chance d'avoir rencontré un tel sage.

« Elle sait, ta femme, que tu es un mec bien ? »

Il éclata de rire.

« Tu lui en parleras ! J'ai besoin de gagner des *miles* avec elle, en ce moment. »

Mimi se retourna à l'instant où j'enlaçais affectueusement Éric pour clore notre échange. Elle me lança un regard entendu. Je m'apprêtai à rectifier le tir, à lui expliquer que non, Éric n'était pas… Mais me ravisai. Après tout, si cela lui permettait d'être rassurée à mon sujet, de se raconter une jolie histoire… Je souris : à mon tour, j'utilisais la méthode de mon papa.

Éric, qui semblait lire dans mes pensées, murmura : « Je te préviens, elle croit que nous sommes ensemble. Je n'ai pas pu démentir, et, en plus, j'ai une cote d'enfer avec elle ! »

J'avais choisi une plage publique accessible et peu fréquentée. La mer s'était retirée et la grève était parsemée çà et là de petits groupes familiaux, de couples sur serviettes et sous parasols, bien espacés les uns des autres.

Quelle émotion de voir enfin Mimi fouler le sable de ses pieds nus, debout, toute droite face à l'océan, les yeux brillants, ses cheveux qu'elle avait détachés s'agitant sous la brise marine. Elle accepta difficilement de me donner ses chaussures, de relever légèrement sa longue jupe pour que nous puissions marcher dans l'eau fraîche.

Kabira sautait littéralement de joie. Elle courut vers un jeune pêcheur qui se leva de son siège pliant pour l'apporter à Mimi. « C'est pour *l'walida*[1] », dit-il, le sourire aux lèvres, en enfonçant la chaise dans le sable pour la caler.

Nous restâmes là deux bonnes heures, Mimi assise sur son trône de camping, tandis que nous étions posés sur le sable, à ses pieds.

Nous discutâmes, de nos vies à Paris, du métro qui fascinait Mimi et Kabira, des repas – scandaleux de frugalité, selon elles – que je préparais à

1. « La maman. »

mes enfants ; nous dégustâmes une glace à l'eau à moitié fondue vendue par un marchand ambulant, observâmes en riant une famille de touristes belges cramoisis uniquement à l'arrière de leurs corps par un violent coup de soleil. Ma main dans celle de Mimi, je regardai Kabira et Éric jouer avec des raquettes empruntées à ces infortunés. Je traçai de mon pied nu un « MIMI » de dix mètres de long sur le sable, ce qui la fit rougir de plaisir. Éric marcha longuement au bord de l'eau en téléphonant, puis fit une courte sieste sur la plage. Mimi se laissa aller à fredonner du Farid El Atrache avec Kabira, pendant que, les yeux mi-clos, je me réjouissais d'être ici et nulle part ailleurs.

Dans la lumière qui se dotait d'une teinte dorée, nous prîmes la pose tous les quatre, face au pêcheur, qui ancra ce joli moment dans le temps.

L'air s'était rafraîchi à mesure que le soleil, qui avait viré au rouge, semblait près de tomber dans les flots. Un voile humide nous enveloppa, satinant nos peaux frissonnantes, et déposant ici et là des perles d'eau.

Il était temps de rentrer.

25.

Nous nous retrouvâmes dans la voiture, repus d'embruns et de soleil. L'autoradio diffusait le CD piraté de Farid El Atrache acheté chez Jalil le disquaire. Mimi était aux anges, elle récitait les paroles en sourdine tandis que Kabira faisait défiler sur le téléphone d'Éric les photos de la journée quand un tintement violent interrompit ce doux moment, pour m'annoncer un e-mail « urgent ». Il avait pour objet « Ma décision » et provenait de Mila. Je l'ouvris aussitôt, mi-intriguée mi-inquiète.

« Coucou Maman,

Je suis à Paris, chez Mamie, j'imagine qu'elle te l'a dit.

Pour une fois, c'était cool avec Papa, mais j'avais besoin de rentrer pour réfléchir. Ce que j'ai à te dire, je préfère te l'écrire pour bien exprimer mes pensées et ne pas faire d'erreur. »

Je me redressai sur mon siège. Qu'est-ce qui allait me tomber dessus ?

« Bon voilà, Papa a une nouvelle copine, elle s'appelle Solange, et apparemment ça a l'air sérieux puisqu'ils vivent ensemble. Je sais que ça t'est égal puisque tu t'es mariée après lui et que tu as même eu Jules, mais avec ton divorce, tout ça, je n'ai pas osé t'en parler au téléphone.

Le truc, c'est que Solange est super sympa. Elle est architecte comme Papa. Sa fille, Salomé, est à la fac de droit, et on s'entend tous très bien. »

Le « tous » m'arriva tel un coup de massue. Avec moi, depuis la séparation, Mila et Jules n'avaient plus droit au « tous » ; au mieux, c'était « tous les trois », une expression qui sonnait cruellement l'incomplétude.

« Au début, ça m'a fait bizarre de voir Papa avec une "famille" mais, bon, c'était mieux que de me retrouver en tête à tête avec lui comme d'hab. C'était trop gênant, chaque fois. Là, on a joué à des jeux de société, on a fait du shopping avec Solange et Salomé. Papa a changé, il est plus marrant, on discute de tout. Ils s'entendent bien, avec Solange, ils parlent d'archi et ils rigolent tout le temps.

Je ne sais pas trop comment te dire ça, mais Papa m'a proposé de venir vivre avec eux l'année prochaine et de m'inscrire à la fac là-bas. Au début, je me suis dit : "Même pas en rêve !", mais après, au calme, j'ai pensé que ce serait bien. Non ?

Ça n'a pas été facile de t'occuper de moi toute seule, toutes ces années. Tu le lui as toujours reproché. C'est fini, maintenant. Il a bien compris, et je crois qu'il veut se rattraper. Il va être là pour moi.

Ils ont une chambre en plus, et Papa va me l'aménager, il a déjà commencé à la dessiner ! On est allés se renseigner pour la fac, elle est magnifique et pas loin de chez eux. »

Ma vision se brouilla de colère et de tristesse mélangées. Comment tout avait pu basculer de la sorte ? Et en si peu de temps ! Éric, qui m'observait dans le rétroviseur, articula un « Ça va ? » sans son. Je lui adressai un maigre sourire qui voulait tout dire, avant de finir de lire le message.

« Dernière chose : j'ai décidé que, finalement, je ne voulais plus faire de journalisme. Je vais m'inscrire en archi. Mais ça n'a rien à voir avec Papa. Enfin si, mais pas comme tu crois. Il ne m'a pas monté la tête ou quoi que ce soit. J'en ai vraiment envie depuis longtemps mais, ça aussi, je n'osais pas te le dire.

Voilà, je pensais que je n'arriverais jamais à exprimer tout ça mais, quand Mamie m'a raconté que tu avais quitté le Maroc toute seule à mon âge, j'ai supposé que tu comprendrais. Et moi, au moins, je ne serai pas loin, je pourrai venir vous voir souvent, toi et Jules.

Si tu veux bien, écris-moi pour me répondre ; sinon, je vais avoir trop de peine et toi aussi, et on risque de s'énerver et de dire n'importe quoi.

Voilà, ouf, je me sens mieux !

Je t'aime, Maman.

Mila. »

La conviction d'avoir relâché mon attention au pire moment me plongea dans une rage sourde. Je pestai contre cet homme qui réapparaissait dans la vie de sa fille et voulait la récupérer alors que j'avais eu tant besoin de lui pour l'élever. Je préparais mentalement l'appel dont j'allais me fendre pour lui dire ses quatre vérités.

« P.-S. : Je suis allée à la maison aujourd'hui : deux ouvriers montent la cuisine depuis ce matin, il y a de la poussière et des planches partout, mais, en vrai, ça a l'air trop beau ! Papi et Mamie se sont assis sur des tabourets pour les surveiller – surtout Mamie qui leur donne des ordres tout le temps.

Je n'aime pas trop les rideaux que tu as mis aux fenêtres, ça rend le salon tout sombre, et ces grandes fleurs, c'est pas très beau. En même temps, si tu aimes, c'est l'essentiel ; moi, je ne serai pas souvent là. »

Les rideaux – une initiative de ma mère, sous la houlette de mon père craignant l'indiscrétion des voisins – parachevèrent mon abattement.

J'avais toujours redouté ce qui était en train d'arriver. Cette ironie injuste. Pendant ce court laps de temps où j'avais baissé la garde, ma fille m'échappait, séduite par une proposition de famille, par son père heureux, par une autre mère que moi, un ensemble joyeux et harmonieux.

Puis je mesurai ma situation à l'aune de ce que j'avais appris de la destinée de Mimi. Et si c'était moi qui étais injuste ?

Mila avait subi mes changements de vie, mes peines de cœur, sans jamais rechigner, et maintenant qu'elle pouvait avoir enfin droit à son père, je voulais m'y opposer ?

Je commençais à trouver indécent et dérisoire mon désarroi au vu des déchirements qu'avaient dû surmonter les membres de ma famille.

« Mais je suis complètement débile ! » ai-je laissé échapper à haute voix, provoquant l'étonnement inquiet d'Éric dans le rétroviseur.

Je n'avais pas le droit de pleurnicher, surtout là, en présence de Mimi. Je me devais d'être à la hauteur et me nourrir de l'amour que je ressentais pour ma fille et pour ma grand-mère.

Kabira me tapota l'épaule pour me montrer la photo emblème de cet après-midi ensemble. Mimi assise sur sa chaise pliante, les cheveux au vent, la jupe légèrement relevée laissant apparaître ses fines chevilles et ses pieds nus. Les yeux éclaircis par la lumière, elle regardait droit vers l'objectif, avec un sourire franc, heureux. J'étais debout à côté d'elle, une main posée sur son épaule ; je me trouvai bien sur cette photo, à ma place, pour une fois. J'avais l'air fière et satisfaite. Éric et Kabira, seconds rôles dans cette histoire, nous encadraient, marquant une distance à peine perceptible et arborant le sourire discret de ceux qui accompagnent.

Cette image m'apaisa. Dans le bourdonnement de la conversation à l'avant de la voiture, où il était question du prix des légumes frais en France, j'écrivis ma réponse à Mila qui tenait en une phrase.

« Voici *ma* décision : on va se dire les choses en face, même si c'est difficile ; même si on n'est pas d'accord, on trouvera une solution. »

26.

J'ouvris la portière et m'extirpai avec peine de mon siège tant mon corps était engourdi par le long trajet. Je sautillai sur le trottoir pour chasser les fourmis de mes jambes, le temps que le chauffeur sorte mon bagage du coffre en pestant contre la poignée télescopique qui refusait de se déployer. Il finit par la déposer telle quelle à mes pieds puis remonta dans sa berline rutilante et, sans m'adresser le moindre regard, démarra en trombe. Je restai plantée là avec ma valise sans bras à effectuer de nombreuses et infructueuses tentatives dans l'espoir de la réparer, puis composai le code pour rentrer chez moi.

Sous les néons cruels de l'ascenseur, je saisis un petit bouquet de menthe Nahnah de mon sac, cadeau de Kabira ; nous nous étions longuement serrées dans les bras pour nous dire au revoir. « *T'hala fik*[1] ! » m'avait-elle murmuré tandis que nous pleurions et riions à la fois.

1. « Prends soin de toi ! »

Je plongeai mon nez dans les feuilles veloutées et en aspirai l'arôme à pleins poumons en me répétant les mots de mon grand-père : « Vas-y, prends des forces ! »

À peine avais-je introduit la clé dans la serrure que la porte s'ouvrit en grand sur mon père, un doux sourire aux lèvres. Sans un mot, je me réfugiai dans ses bras. Sans un mot, il prit ma main et l'embrassa.

Derrière nous, ma mère manifesta sa présence par un tonitruant : « Ah, enfin ! »

Je me retournai. Il régnait une odeur chimique de colle et de peinture fraîche qui chassa toute trace des effluves mentholés. Malgré l'heure tardive, ma mère était impeccablement maquillée et habillée comme si la journée venait de commencer. Adepte des couleurs vives qui, selon elle, « donnent un sacré coup de jeune », elle arborait un chemisier en satin jaune et un collier à gros maillons dorés, le tout faisant écho au flamboyant de ses cheveux roux.

En l'embrassant, je remarquai les rideaux pardessus son épaule ; c'était pire que ce que m'avait décrit Mila.

Elle suivit mon regard.

« Tu as vu ? Une merveille ! Le gris foncé, ça va avec tout !

— C'est plutôt marron, non ?

— Oui, gris marron, si tu veux. Ça n'a pas été simple de les poser ! Heureusement, j'ai demandé aux ouvriers, tu leur glisseras un petit pourliche pour les remercier ! »

Je me retins de mentionner que Colin n'hésiterait pas à me facturer du temps supplémentaire pour ce travail, et que ce ne serait certainement pas de l'ordre du « pourliche ».

« Et ils ont fini la cuisine ?

— Presque ! s'exclama mon père, dont je n'avais pas encore entendu le timbre de voix.

— Comment ça, *presque* ? m'inquiétai-je.

— Oh, rien du tout, des petits tours de vis, par-ci par-là… précisa ma mère.

— Ah, vous m'avez fait peur ! Mila est là ? » questionnai-je tout en me dirigeant vers le salon.

J'eus la surprise d'y découvrir Jules, somnolent, assis sur les genoux de son père, lui-même assis sur *mon* canapé. Qui l'avait invité à monter ? Sa présence me fit l'effet d'une intrusion dans ma nouvelle vie encore bancale. Il parut aussi gêné que j'étais contrariée.

« Voilà maman ! » souffla-t-il dans l'oreille de notre fils qui sourit aux anges et bondit dans mes bras en accrochant ses jambes autour de ma taille. Ses vêtements étaient imprégnés du parfum musqué de son père et ses cheveux exhalaient son shampooing aux agrumes.

« Tu es là ? ai-je maladroitement laissé échapper, trahissant mon mécontentement.

— Oui, Jules a insisté pour me montrer sa chambre. »

Il se leva, s'approcha gauchement et, pour la première fois depuis notre séparation, m'administra un inconfortable baiser sur chaque joue. S'il y avait un geste qui devait signifier la fin d'un amour, ce serait celui-là.

« Je voulais aussi te parler, ajouta-t-il, solennel. C'est vrai que tu es d'accord pour que Jules se fasse percer l'oreille ? C'est quoi, cette histoire ?

— Mais non, c'est parce qu'il veut faire comme mon père…

— Ton père ? Alors là, c'est la meilleure ! »

Jules pleurnicha :

« Je suis un Berbère, je dois me faire percer l'oreille !

— Je te préviens, là, c'est non, j'ai déjà accepté la circoncision, je te rappelle ! » chuchota-t-il, énervé.

« Quel rapport ? » m'insurgeai-je intérieurement mais je me gardai bien d'ouvrir un quelconque débat. Je le rassurai plutôt :

« Ne t'inquiète pas. Il n'en est pas question.

— C'est quoi la circonfusion ? C'est pour l'oreille aussi ? » demanda Jules.

Je fus sur le point d'éclater de rire mais le regard sévère de mon ex-mari m'en empêcha. Je me dirigeais vers l'entrée pour le raccompagner quand la voix douce de Mila m'interpella : « Coucou, Maman ! » Elle se tenait dans l'encadrement de la porte comme si elle n'osait pas pénétrer dans la pièce. Ses longs cheveux bouclés étaient maintenus en chignon par un stylo planté en travers, et elle portait une jolie robe rose pâle que je ne lui connaissais pas, différente de son style habituel.

« Viens là ! » lui lançai-je, tandis que Jules était toujours agrippé à moi tel un koala à son arbre. Je l'enlaçai d'un côté et Jules de l'autre. Nous restâmes ainsi un instant auquel je mis fin par pudeur en m'écriant : « C'est joli cette tenue, tu l'as achetée avec Papa et… Solange ? »

Elle me fixa dubitative et, ne décelant aucun sarcasme dans ma voix, me sourit timidement :

« Tu aimes ?

— Oui, beaucoup, cette couleur te va bien. »

Mon ex-mari se racla la gorge pour nous rappeler sa présence puis se dirigea vers la porte : « Bon, je vais y aller. La girafe est dans la chambre de Jules, ne l'oublie pas, bonne soir… »

Un vacarme assourdissant nous fit tressaillir. Une cascade interminable et effrayante de sons qui s'acheva en apothéose par un bruit de verre brisé. Je me précipitai dans la cuisine et eus la stupeur d'y découvrir un homme en combinaison de travail blanche, perché sur un escabeau, un tournevis à la main, constatant dépité le désastre sous ses pieds.

Les éléments hauts s'étaient décrochés du mur et avaient dégringolé comme des dominos, emportant dans leur chute ce qui se trouvait à l'intérieur : une avalanche d'assiettes, de verres, de flûtes à champagne, de verres à vin, de bols, s'était déversée sur la plaque à induction option « Power Cook Flex » achetée à prix d'or.

« Pas de panique ! C'est juste une fausse manip ! »

Cette voix fâcheusement familière me fit faire une volte-face immédiate. L'image était irréelle : Colin, dans sa tenue de commercial, sa cravate rabattue sur l'épaule, se tenait debout dans ma cuisine à 22 h 45, un lundi soir.

Tête baissée, il tournait fiévreusement les pages d'un fascicule estampillé *La Pose facile avec Cuisiland.*

Je hurlai : « C'est un peu tard pour consulter la notice, non ? Qu'est-ce que vous faites là ?! »

Ma mère intervint : « C'est moi qui lui ai demandé de venir en urgence… ça traînait, alors pour accélérer les choses… »

Elle s'interrompit d'elle-même en remarquant mon rictus agacé.

À ses côtés, mon père, couvert de poussière blanche, la mine spectrale, semblait avoir quitté le monde réel. Nous étions huit dans les décombres de ma petite cuisine, abasourdis, sauf mon père qui, comme un enfant, s'observait dans le reflet du frigo chromé. Il avait retrouvé son visage enfariné de mime et composait diverses expressions. Quand il vit les larmes de colère dégouliner sur mes joues, il esquissa discrètement un numéro qui me fascinait petite : il déplaçait ses mains dans un alignement parfait, donnant l'impression d'être derrière un mur de verre.

Ma mère lui fit immédiatement les gros yeux pour qu'il cesse, tandis que mon ex-mari secouait la tête, scandalisé.

Colin prit la parole : « C'est la première fois que chez Cuisiland… »

Je complétai machinalement : « Cuisiland, la cuisine qui vous ressemble ! »

Mes parents ne purent s'empêcher de s'esclaffer, suivis par Jules et Mila, alors que Colin et son ouvrier nous toisaient, interdits.

C'en était trop pour le père de Jules : « Vous êtes vraiment une famille de dingues. Bon, les enfants, sortez de là, c'est dangereux. Les parents aussi, d'ailleurs ! »

Les quatre déguerpirent en pouffant.

« Vous ! hurla-t-il à l'adresse de Colin, en pointant vers lui un doigt accusateur.

— Tout était nickel, je ne comprends pas... Ce doit être une malfaçon... bredouilla le commercial, le regard fuyant. Avant tout, je vous présente mes plus plates excuses au nom de Cuisiland... »

À ce simple énoncé, le jingle fit une nouvelle boucle dans ma tête.

Le père de Jules le coupa sèchement : « Vous allez me débarrasser le plancher et rembourser Madame jusqu'au dernier centime. Vous vous rendez compte du danger ? Je vous préviens, si vous encaissez un seul euro, je porte plainte contre Cuisiland ! »

Et encore un tour de jingle dans ma tête.

« Compris ? » insista-t-il, menaçant.

Colin et son acolyte s'enfuirent comme les rats d'un navire, nous laissant tous les deux au milieu des décombres.

« Pourquoi tu ne m'as pas demandé de l'aide ? Je l'aurais fait pour toi, pour Jules, pour Mila. »

Je baissai la tête piteusement. Que lui répondre ? Que, seule, j'étais perdue, noyée dans cet océan de logistique ? Que, durant notre vie commune, stimulée par l'amour, puis par la peur d'un nouvel échec, j'avais déployé des efforts surhumains pour être efficace, admirable, indispensable ? Que je comprenais aujourd'hui que ce dévouement démesuré, ces sacrifices de temps, d'énergie m'avaient laissée exsangue et que, par orgueil, j'avais refusé de le lui montrer ?

Un orgueil dans la droite ligne de celui de Mimi, susceptible et fière. Elle s'était empêchée d'apprendre à lire, de savourer les dernières années de sa vie, d'écouter son chanteur préféré, de trouver l'amour après mon grand-père… De vivre pour elle-même. Je caressais l'espoir que les quelques jours que nous avions partagés contribueraient peut-être à changer les choses.

Contre toute attente, nos au revoir furent joyeux et légers. Tout sourire, elle m'avait prise dans ses bras ; la peau de son visage était tiède, moelleuse ; elle avait passé une main malhabile mais volontaire dans mes cheveux. Dans son cou, j'avais humé l'odeur suave et capiteuse du parfum que je lui avais offert à mon arrivée.

À mon grand étonnement, le matin même, elle avait sorti le paquet fermé et l'avait déballé devant moi. J'avais été touchée au cœur quand, avec un enthousiasme quasi enfantin, elle s'était mise à vaporiser le parfum en nuage en tournant sur elle-même et en humant la fragrance, les yeux fermés. Puis elle s'était exclamée, en riant : « Ça, c'est un parfum pour les femmes qui sortent, qui s'habillent, qui vont au restaurant… » J'avais complété sa phrase : « … ou au théâtre, à l'opéra, qui ont des chaussures à talons et qui marchent dans la rue comme ça. » J'avais imité la démarche d'une demoiselle pleine d'assurance, ce qui l'avait fait rire aux éclats.

Nous avions réussi à poser le premier jalon d'une relation toute neuve qui prenait son ancrage dans le présent. Mimi ne représentait plus une figure du passé à mes yeux. Elle faisait désormais partie du même espace-temps que le mien, que celui de mes enfants. Je me figurais avec bonheur nos futures conversations. Nous allions pouvoir discuter avec des références tangibles, du vrai, du concret, pas une énième discussion énigmatique, chargée de souvenirs flous, d'allusions équivoques, ou de saillies comiques pour contourner les sujets.

Dans l'avion du retour, je m'étais rendu compte que, tout au long de ma vie, j'avais inconsciemment porté son histoire sans en connaître les circonstances réelles. Comme une éponge, j'avais absorbé ses émotions. Une transmission muette, de son âme à la mienne, en crypté.

Le jour du départ, il m'était apparu clairement que, pour lui rester loyale, j'avais, comme elle, souvent masqué mes faiblesses, mes sentiments, mes envies, obéissant ainsi au diktat tacite de « ne jamais être en demande ». À mon tour, j'étais en train de devenir une « figure », aux yeux de mes proches, une représentation magistrale et désincarnée de fille, de mère, d'épouse.

Forte de cet éclairage nouveau, je réunis tout mon courage pour m'adresser à mon ex-mari qui, accroupi au milieu des vestiges de ma cuisine neuve, tentait vainement de déterminer l'origine de la catastrophe.

Je me lançai : « Si je me retrouve seule à affronter ce chantier, je vais m'écrouler. J'ai besoin de ton aide. Sinon, je ne m'en sortirai pas. »

Il ne leva pas la tête. Il soupesait l'air perplexe un pan de contreplaqué fendu en deux et en inspectait les détails, en émettant d'inintelligibles rouspétances. Toujours sans me regarder et en tentant de remettre un tiroir sur ses rails, il s'interrogea :

« C'est toi qui as tout choisi ? »

— Euh, oui... Pourquoi ?

— Non, rien, c'est juste que ce n'est pas toi, ces trucs tout blancs, tout lisses. »

Agacé, il lâcha bruyamment le tiroir et finit par me faire face. Il me prit par les épaules et planta son regard dans le mien : « Cette cuisine est irrécupérable. Il va falloir repartir de zéro, alors autant choisir quelque chose qui te plaît. Vraiment. »

J'acquiesçai vigoureusement, les larmes aux yeux.

« Bon, je m'y mets le week-end prochain. Ça me permettra de passer du temps avec Jules. »

Je le rattrapai par la manche avant qu'il ne sorte de la pièce.

« J'ai autre chose à te dire. »

Sans un mot, il s'adossa à l'îlot central chancelant pour m'écouter.

« Déjà, je voudrais te demander pardon de tout ce bazar et d'être partie… Enfin, partie à Casablanca. Et puis aussi de ne pas avoir réussi à créer notre famille. J'avais l'impression de ne pas y avoir droit. »

Je m'arrêtai quelques secondes pour reprendre mon souffle. Je ne tins pas compte de sa tête baissée, de ses bras croisés, de son air fermé.

« J'ai une nouvelle opportunité de travail et je voudrais ne pas rater mon coup cette fois-ci. Alors voilà, je voudrais te demander de… »

Je butai sur les mots, certaine que ma requête allait provoquer une nouvelle dispute.

« *De* ? questionna-t-il, impatient.

— Je ne pourrai pas amener Jules avec sa girafe à l'école demain, voilà ! Alors tu peux refuser bien sûr, tu aurais bien le droit… »

Il me coupa, éberlué.

« Tu te moques de moi ?

— Pas du tout ! Je suis très sérieuse ! » lui rétorquai-je, regrettant déjà ma requête.

Il fit quelques pas dans les débris qui craquèrent sous son poids.

« Tout ce cérémonial juste pour ça ? Tu m'as fait peur ! Bien sûr que j'irai montrer cette foutue girafe à la classe – qui va bien se moquer de nous ! Si c'est important pour toi, je vais le faire. »

Je le regardai, incrédule et soulagée.

« Et avec ceci ? ajouta-t-il avec malice.

— Ce sera tout, merci, lui répondis-je en souriant faiblement.

— Tu es sûre ? Laisse ta fierté de côté. Tu n'as besoin de rien d'autre ?

— Non, non, c'est bon… marmonnai-je entre les dents.

— Sache que nous avons discuté avec Mila avant que tu n'arrives… Elle m'a annoncé qu'elle voulait habiter chez son père l'année prochaine pour ses études. Elle était fière de me confier qu'il allait s'occuper d'elle.

— Oui, enfin, ce n'est pas encore fait », rétorquai-je, vexée qu'elle lui en ait parlé avant que nous ne décidions des modalités de ce changement – un séisme dans ma vie de mère.

Il poursuivit : « Jules va bien, on s'en est pas trop mal sortis, je crois… »

Je le coupai :

« Où veux-tu en venir, exactement ?

— Je dis ça comme ça mais si, par exemple, je gardais Jules plus souvent… »

Ah non, il n'allait pas prendre mon fils, en plus !

« Une semaine sur deux…

— Mais qu'est-ce que je vais faire toute seule ?

— Ce que tu as toujours voulu faire : écrire, sortir, voyager…

— Jamais de la vie ! »

« Jamais de la vie. » Cette expression définitive, catégorique, que balançait Mimi à tout-va, je l'avais moi aussi laissée échapper comme un cri viscéral, un réflexe primaire. Je la revis secouer la tête énergiquement pour refuser le moindre changement, la moindre proposition, qui pourrait la faire descendre de son piédestal.

« Comme tu voudras », soupira-t-il.

Sans transition, il sortit en criant : « Jules ! Je passe te prendre demain matin avec ta girafe ! »

Ma gorge se serra quand j'entendis sa petite voix déçue : « Et Maman, elle vient pas ? »

27.

L'avion se posa en douceur sur la piste de l'aéroport Mohammed V.

Il m'avait fallu deux ans.

Deux ans pour y retourner et, cette fois-ci, accompagnée.

Je serrai la main de mon voisin de siège qui s'exclama :

« On est arrivés !

— Oui, mon chéri, je suis contente d'être là avec toi, avec vous.

— Mon cher Jules, bienvenue au Maroc, ou devrais-je dire "*Marhba bik*", lança mon père, enjoué.

— C'est tout flou, Casablanca, s'écria mon petit garçon.

— Mais non, c'est l'air chaud qui sort des réacteurs et, avec la réfraction, on voit flou, c'est un mirage », lui expliqua-t-il.

Pour toute réponse, mon fils sourit aux anges et se blottit contre son torse.

Un agréable sentiment d'accomplissement m'envahit tandis que je les entendais commenter gaîment les dernières manœuvres de l'avion.

L'absence de Mila me pinça le cœur. Depuis son départ de la maison, j'avais compris à quel point mes choix de vie avaient été arbitraires et déstabilisants pour elle. Ainsi quand, sur la pointe des pieds, elle m'avait avoué qu'elle préférait partir avec ses copains de la fac, je l'avais coupée dans son argumentaire et, l'air dégagé, avait déclaré : « Pas de souci ! Une prochaine fois ! » Et même si ma voix sonnait faux, que je jouais très mal le détachement, nous savourions toutes les deux cette nouvelle résolution de légèreté.

Il m'avait fallu deux ans pour m'habituer à ma nouvelle vie. Une vie où je commençais à m'accorder une place.

Deux ans pour remplacer la vieille photo de mariage de mes grands-parents par celle prise sur la plage avec Mimi souriante et cheveux au vent.

Deux ans pour travailler d'arrache-pied sur un programme télé destiné aux enfants et présenté par Michelle. Elle avait adoré ma proposition de titre : « On peigne la girafe. »

Deux ans pour accepter de vivre seule, une semaine sur deux, et l'apprécier.

Deux ans pour retirer les rideaux de mes fenêtres et avouer à ma mère qu'ils ne me plaisaient pas. Deux ans pour me rendre à Casablanca avec Papa et Jules, sans elle. Elle préférait rester à Paris et profiter de l'absence de mon père pour refaire la déco chez eux, « mais ne lui dis pas, c'est une surprise », avait-elle ajouté.

Deux ans pour ne pas finir ma cuisine. L'électroménager fonctionnait mais tout le reste était suspendu à mon choix de matériau, de couleur, de style, et je n'avais pas réussi à trouver un accord avec moi-même.

Deux ans pour me lier d'une amitié profonde avec Éric et lui interdire de porter des bermudas en ma présence. Deux ans pour envisager de retomber amoureuse et accepter qu'Éric me présente un de ses collègues.

Deux ans pour rassembler les bribes de ce que mon père avait bien voulu révéler de son passé, pour glaner les souvenirs de ce garçon que Mimi avait décidé de garder – mais sans y parvenir tout à fait. Ce quatrième de la lignée qui avait provoqué sa rébellion et avait réveillé son instinct de mère protectrice. Cet enfant du milieu qui avait signé la fin du règne de Hassiba.

« J'ai eu de la chance, m'avait-il confié dans sa propension touchante à voir les choses du bon côté. Quand j'étais petit, je jouais dans la rue et, comme chacune pensait que je rentrerais chez l'autre, je pouvais traîner autant de temps que je voulais sans les inquiéter. Je me faisais discret et je restais jusque tard avec les grands. Je les écoutais jouer de la guitare, raconter des histoires… C'est là que j'ai tout appris. »

Quelques mois plus tard, il avait complété son récit : à dix ans, alors que la ville était soumise à un couvre-feu à cause de manifestations, la police le voyant vagabonder l'avait embarqué, et il avait passé la nuit au poste. Libéré au petit matin, il était simplement rentré chez Mimi sans qu'on lui pose la moindre question.

« Pourquoi tu ne leur as rien dit ? lui avais-je demandé, bouleversée par cette anecdote.

— Ils avaient assez de problèmes comme ça. Alors, je me taisais, tout le temps. »

Un silence dont il commençait à peine à se départir.

En ce chaud matin de juin, dans le petit taxi qui nous menait vers Casablanca, je l'observais. De sa main droite, il s'agrippait à la poignée au-dessus de sa tête et scrutait la route, pensif. Soudain, il s'adressa en arabe au chauffeur en exécutant de grands gestes qui semblaient lui indiquer un chemin à suivre.

« On va aller la voir tout de suite », lança-t-il sans me regarder.

Je le questionnai, interloquée :

« Avec Jules ?

— Oui, ne t'inquiète pas, tout va bien se passer. »

Jules hésita, la voix tremblotante : « On va voir Mimi ? »

Je pris sa main tiède dans la mienne pour le rassurer.

Le taxi nous mena à l'extérieur de la ville et s'arrêta devant un haut portail en ferronnerie noir surmonté d'un fronton où figurait, en hébreu : « *Beth Haïm* », littéralement « Maison des vies ».

Mon père demanda au chauffeur de nous attendre et lui promit que nous serions rapides.

Alors que le fond de l'air commençait à se réchauffer, mon père, perdu, déambulait dans les allées, Jules et moi nous contentions de le suivre.

« Voilà, elle est là ! »

J'avais redouté ce moment.

Quand la nouvelle était tombée, presque deux ans auparavant, j'avais masqué ma peine immense et refusé d'assister à ses obsèques, incapable d'admettre l'idée de sa disparition.

Aujourd'hui, je me retrouvais devant sa dernière demeure, et j'éclatai en sanglots à la vue de ses nom et prénom gravés dans le marbre gris pâle.

Mon père posa sa main sur la pierre réchauffée par le soleil et se prosterna pour y déposer un baiser.

Mimi reposait à la droite de Papiel, Hassiba se trouvait à sa gauche. Les trois tombes les consignaient là, alignés pour l'éternité.

« Ha-ssi-ba, déchiffra Jules. C'est qui l'autre dame à côté de Papiel et qui a le même nom ?

— C'était aussi sa femme, comme Mimi. À l'époque, on avait le droit d'épouser deux femmes, en même temps, si on n'arrivait pas à avoir d'enfant.

— Papiel s'est marié avec *deux* femmes ? répéta-t-il, incrédule.

— Exactement, confirma mon père. Pour avoir une descendance et pour que des petits garçons comme toi existent. »

Jules se figea sur place : « Maman, mais toi, pourquoi tu n'as pas gardé tes *deux* maris au lieu de divorcer ? »

Ce livre existe grâce au travail de toute une équipe.

Communication : Caroline Babulle, Sandrine Perrier-Replein, Typhaine Maison, Inès Paulin, Adélaïde Yvert.

Coordination administrative : Martine Rivierre.

Studio : Pascaline Bressan, Barbara Cassouto-Lhenry, Joël Renaudat.

Fabrication : Muriel Le Ménez, Céline Ducournau, Bernadette Cristini, Sophia Paroussoglou, Isabelle Goulhot.

Commercial, relation libraires et marketing : Laetitia Beauvillain, Perrine Therond, Ombeline Ermeneux, Élise Iwasinta, Morgane Rissel, Arthur Rossi, Aurélie Scart.

Cessions de droits : Isabelle Votier, Benita Edzard, Lucile Besse, Sonia Guerreiro, Costanza Corri.

Gestion : Sophie Veisseyre, Chloé Hocquet, Isabelle Déxès, Camille Douin.

Services auteurs : Viviane Ouadenni, Jean-François Rechtman, Catherine Reimbold.

Ressources humaines : Mylène Bourreau.

Juridique : Laëtitia Doré, Anaïs Rebouh, Valérie Robe, Lucie Bergeras, Julia Crosnier.

Avec le soutien des équipes d'Interforum et d'Editis qui participent à la création, la diffusion et la distribution de ce livre.

Canoros Vehit Canentes

Imprimé en France par CPI
en septembre 2022

pca
cmb
édition pré-presse
livres numériques

44400 Rezé

MIXTE
Papier issu de
sources responsables
FSC® C003309
FSC
www.fsc.org

L'éditeur de cet ouvrage s'engage dans une démarche
de certification FSC® qui contribue à la préservation
des forêts pour les générations futures.

Pour en savoir plus :
www.editis.com/engagement-rse/

N° d'édition : 63276/01
N° d'impression : 166837